Über uns der Himbeerstrauch

AF236477

„Im Grunde sind es doch die Verbindungen mit Menschen, die dem Leben seinen Wert geben."

– Wilhelm von Humboldt

Kurt von der Heide / Bernd Rosarius

Über uns der Himbeerstrauch

Gesellschaftsroman

Impressum

Bibliografische Information der Deutschen Nationalbibliothek:
Die Deutsche Nationalbibliothek verzeichnet diese Publikation in der Deutschen Nationalbibliografie; detaillierte bibliografische Daten sind im Internet über http://dnb.dnb.de abrufbar.

Lektorat**: Gabriella Dietrich**
Coverbild**: Camaela Regine Stahl**

Herstellung und Verlag: BoD – Books on Demand, Norderstedt

ISBN: 978-3-7557-3747-6

Bernd Rosarius,

geboren 1945.
Schon mit zwölf Jahren schrieb er seine ersten Gedichte und Geschichten.
Erst im Ruhestand fand er die Möglichkeit zur Publikation.
Sein erster Gedichtband Sturmwind gedankliches Inferno erschien 2005 und sein zweiter Gedichtband Eiszeit die Gewohnheit zu Besuch ein Jahr später. Er ist in mehreren Anthologien mit Gedichten vertreten. Zwei eigene Anthologie-Projekte mit über dreißig Autoren organisierte er selbst: 2009 erschien sein erster Roman: Nur ein Brief Es folgten sechs weitere Gesellschaftsromane.
Seine große Leidenschaft ist die klassische Musik.

Kurt von der Heide,

geboren 1959 in Detmold, ist verheiratet und lebt in Lage. Der Maschinen- und Anlagenführer beschäftigt sich schon seit der Jugend mit dem Schreiben. Angefangen mit Tagebüchern und dann mit Reiseberichten ist er dort angekommen, wo er sich besonders heimisch fühlt: bei den Kurzgeschichten und Gedichten. Seine Lieblingsdichter sind Heine und Bonhoeffer. Das Motto bei seiner Lesung lautet: Vor Überraschungen ist man niemals sicher!

Dr. Carol Peters

Dr. Carol Peters verließ den drehbaren Sessel hinter seinem Schreibtisch aus massiver Eiche und ging zum Fenster. Er sah hinaus, beachtete nicht den Verkehr und das pulsierende Leben auf der Straße. Sein Blick starrte ins Leere. Er hörte nicht das zaghafte Klopfen an der Bürotür, die sich wie von Geisterhand öffnete. Seine Sekretärin Pauline Schwarz betrat das Büro und sagte. „Herr Doktor, ihr Termin?" Dr. Peters drehte sich um und sah, wie Frau Schwarz seine Anwaltsrobe über die Besuchercouch legte.

„Sie sind in Gedanken Herr Peters. Ist alles in Ordnung?" Der Anwalt nickte und antwortete

„Ja, haben Sie die Akte Zimmermann bereitgelegt." „Sie liegt auf dem Schreibtisch."

Er sah auf die Uhr, bot seiner Sekretärin den Stuhl hinter dem Schreibtisch an. Er selbst setzte sich auf die Tischkante. „Ich erhielt eben einen Anruf von einem Freund, den ich seit Jahrzehnten nicht mehr gesehen habe. Er wollte von mir die Telefonnummer eines Freundes haben, den er auch Jahrzehnte nicht gesehen hat, alles klar, kommen Sie noch mit?" Sie nickte und saß zusammengesunken auf dem Chefsessel.

„Den Freund, den er suchte, war auch mein Freund, den ich ebenfalls Jahrzehnte nicht gesehen habe. Wir vier waren Kinder und sehr enge Freunde. Da gab es Niklas, den Tobias, den Pierre und mich. Pierre, Tobias und Niklas lebten in Bad Sachsa, der kleinen Stadt im Südharz. Ich lebte schon immer in Göttingen. In den Ferien besuchte ich stets meine Oma in Bad Sachsa, die dort eine kleine Wohnung hatte. Tobias wohnte im gleichen Ort, auf dem Reiterhof seiner Eltern. Wir vier Jungens trafen uns jeden Tag, spielten am Schmelzteich, badeten im Waldfreibad, rodelten am Ravensberg und besuchten den Märchengrund. Mit meiner Oma waren wir Gäste beim Kurkonzert im Park. Doch das wichtigste für uns war das Spielen in den Himbeersträuchern. Sie waren so hoch, dass wir nur den Mund aufmachen mussten, um Himbeeren zu naschen. In ihnen bauten wir auch unsere Burgen. Wir gelobten uns ewige Treue, und Freundschaft." Dr. Peters legte eine kurze Pause ein, ging zum Schrank und holte eine alte Postkarte vor. Er zeigte das Bild seiner Sekretärin. „Sehen Sie, so sah das alte Bad Sachsa aus."

Er nahm auf der Schreibtischkante wieder Platz und fuhr fort.

„Als wir dreizehn bzw. vierzehn Jahre alt waren, trennten sich unsere Wege und wir sahen uns nicht wieder, doch Irrtum, einen sah ich wieder und das war Pierre."

Der Anwalt legte seine Robe über den Arm, griff den Aktenordner Zimmermann und wollte das Büro verlassen. Einmal drehte er sich um und rief:
„Nach dem Gerichtstermin bin ich für heute nicht mehr zu sprechen Einer dieser Freunde hat mich eben angerufen und will ein Treffen

mit uns, ich fasse es nicht, nach all den langen Jahren?" „Okay" rief die Sekretärin.

Pauline sah ihrem Chef lange hinterher. So aufgewühlt hatte sie ihn nie gesehen. Carol Peters war als Allgemeinanwalt tätig, später kurzzeitig Richter am Amtsgericht Göttingen, später wieder selbstständiger Allgemeinanwalt und steht jetzt mit fünfundsechzig Jahren kurz vor seiner Rente. Er wollte aber weiterarbeiten. Die Position des Richters hatte er verloren. In irgendeinem Fall musste er als Befangener dem Beschuldigten geholfen haben. Näheres wusste Frau Schwarz nicht. Sie nahm wieder im Vorzimmer Platz und ging ihrer Arbeit nach.

Nachdem Dr. Peters das Gespräch mit seinem Jugendfreund Tobias beendet hatte, wurde er nachdenklich. Er musste vor Gericht den Fall Zimmermann abschließen, dann konnte er sich mit der Vergangenheit beschäftigen. Tobias benötigte die Adresse von Niklas, die konnte ihm der Anwalt nicht geben, er hatte sie nicht mehr. Die Adresse von Pierre, konnte er nicht weitergeben, er war tot.

Diese Nachricht hatte Tobias getroffen. Es war ein Grund genug, sich zu treffen. Ein Treffen nach den vielen Jahren, war schon etwas Besonderes. Tobias wollte versuchen, Niklas ausfindig zu machen und es ging schnell. Nach der Gerichtsverhandlung klingelte Carols Handy und Tobias rief an. Er hatte alles organisiert. Zwei Tage später sollte das Treffen in Bad Sachsa stattfinden. Der Anwalt fuhr in seine Kanzlei und klärte mit Pauline Schwarz die weiteren Termine für die nächsten Tage.

„Sie müssen alle Termine verschieben. Lassen Sie sich etwas einfallen. Ich bin für drei Tage nicht zu erreichen. Sie haben meine Privatnummer. Wenn es wichtig ist, können Sie mich anrufen, aber nur wenn es wichtig ist. Ich verlasse mich auf Sie, wie immer. „Er fuhr mit seiner Hand über das kurze Haar seiner Sekretärin, die mit hochrotem Kopf eifrig nickte. Dr. Peters hatte sich im Hotel Garni in

Bad Sachsa eingenistet. Er schlenderte durch das neue, kaum wiederzuerkennende Bad Sachsa und erfreute sich an diesem herrlichen Sonnentag. Kurz vor dem Eingang zum Kurpark stand ein Obstwagen. Der Verkäufer lachte Carol an und rief:

„Obst aus heimischer Erde, kommen sie, probieren ist nicht verboten."

Carol ging auf den Wagen zu und fragte:

„Haben sie auch Himbeeren?" „Natürlich mein Herr."

Er zog aus der Rückwand seines Wagens ein Körbchen Himbeeren hervor und reichte sie dem Anwalt. „Was kosten die?"

Der Verkäufer zuckte mit den Schultern

„125 g 3 €. Es ist jetzt nicht die Zeit für Himbeeren. Die kommen aus Spanien." „Egal" brummte Carol und sagte zu dem Verkäufer: „Früher gab es hier Himbeersträucher dicht an dicht. Als Kinder konnten wir darin unsere Burgen bauen."

Er zeigte mit ausgestrecktem Arm in westliche Richtung.

„Dort stehen jetzt nur noch Häuser." „Na ja" antwortete der Obst- Verkäufer „das war vor meiner Zeit."

Der Anwalt nahm das Schälchen zur Hand, winkte dem Verkäufer kurz zu und schlenderte die Hauptstraße entlang. Die leere Pappschale entsorgte er im nächsten Papierkorb. Sein Weg führte ihn zum Friedhof. Er suchte lange nach einem bestimmten Grab. Er fand es nicht und musste den dortigen Friedhofsgärtner direkt fragen.

„Ich suche das Grab von Pierre Cardoso." Der Arbeiter zeigte mit ausgestrecktem Arm auf eine Weggabelung.

„Ich kenne fast alle Gräber hier, hinter der Biegung finden sie den Toten, mit dem französischen Namen." Die Beschreibung war gut. Carol fand sofort das Grab mit der seltsamen Inschrift: *„Hier ruht ein Mensch." Er* *war nur ein Mensch Pierre Cardoso, geboren und gestorben irgendwann."* Ja, genau das passte zu dem Menschen Pierre. Das Grab war gut gepflegt. Wer war dafür verantwortlich? Carol sprach leise aber deutlich vernehmbar:

„Hallo Pierre, es tut mir leid, dass ich dir nicht helfen konnte. Ich habe für dich meine Karriere aufs Spiel gesetzt. Ich wusste auch dass du die Frau nicht umgebracht hast und du wusstest, wie sehr ich diese Frau geliebt hatte. Ich habe versucht dir zu helfen, aber dir war nicht zu helfen. Dein Tod hat mich entsetzt und nun stehe ich hier, treffe mich morgen mit Niklas und Tobias und wir werden auch über dich sprechen. Was soll ich ihnen sagen? Komm zurück für einen Tag, setze dich mit uns an einen Tisch und erzähle deine Geschichte selbst. Nein? Du kommst nicht? Dann muss ich wohl in den sauren Apfel beißen."

Als Carol sich anschickte, das Grab zu verlassen, stand vor ihm eine Frau.
„Bist Du es? Carol Peters? Älter bist Du

geworden, aber doch habe ich dich wiedererkannt." „Entschuldigung, aber jetzt komme ich nicht mit. Wer sind Sie?"

„Ich verzeihe Dir das du mich nicht erkennst. Kannst Du dich an das kleine Mädchen erinnern, das hin und wieder bei Euch in den Himbeersträuchern war?" „Judith? Bist Du Judith?"

Carols Überraschung war echt und sofort fragte er: „Pflegst du Pierres Grab?" „Ja, das tue ich schon lange. Pierre hatte hier in seiner Heimatstadt keine Freunde mehr. Er war von Dir zum Schluss maßlos enttäuscht, obwohl er Dich immer geliebt hatte. Ich war die Einzige, die ihm hier noch etwas Halt gab, bis zu dem Tag, Du weißt welchen."

Sie beugte sich tief auf das Grab hinunter, um ihre Blumen abzulegen. Sie zupfte etwas Unkraut und fragte, ohne aufzusehen:

„Was machst Du hier?" „Ich treffe mich mit Niklas und Tobias. Pierre kann nicht mehr dabei sein."

Judith erhob sich, ihre Augen funkelten, sie packte Carol an die Schultern und schrie, dabei lief ihr der Speichel aus dem Mund:

„Du hast ihn im Stich gelassen, deinen besten Freund, einen Mann mit gutem Herzen, einen Menschen wie man ihn selten findet. Du hast ihn jämmerlich in Stich gelassen."

Sie drehte sich um und eilte davon. Verdutzt schaute Carol ihr lange hinterher.

„Sie irrt sich. Ich habe ihn nicht im Stich gelassen."

Noch einmal wandte er sich dem Grab zu und rief: „Pierre, ich habe dich nicht im Stich gelassen. Ich kam um einen Tag zu spät."

Carols Weg führte direkt in sein Hotel. Es war Freitag und der Obstwagen war gut besucht. Carol musste an Judith denken, was warf sie ihm vor? Sie kann doch nichts über die letzten Jahre wissen. Pierre hatte Kontakt zu ihr und was sie über Carol wusste, konnte sie nur von

Pierre erfahren haben. Ob dass die Wahrheit war, zweifelte er an.

Bad Sachsa war nicht mehr das Bad Sachsa von früher, dennoch kam ihm einiges vertraut vor. Am nächsten Tag, am Samstag, sollte er seine Freunde nach Jahrzehnten der Abstinenz endlich wiedersehen. Mit einer gewissen Vorfreude legte er sich früh ins Bett. Er kannte die erste Frage, die man ihm stellen würde, warum er im Rentenalter immer noch arbeiten würde. Die zweite Frage würde sich um Pierre drehen. Am nächsten Tag traf man sich im Café Helmboldt. Man beschnupperte sich, ohne große Emotionen. Es gab keine wilden Umarmungen, sondern ein vorsichtiges Abtasten. Nachdem Carol die zwei zu erwartenden Fragen beantwortet hatte, zeigte er auf Niklas.

„Dich hätte ich vielleicht wiedererkannt aber Tobias? Es sind viele Jahre vergangen. Macht mir keinen Vorwurf das ich mich nicht gemeldet habe, von Euch hatte ich auch nichts gehört."

Unsichtbar, aber deutlich spürbar war Pierre mit im Raum. Carol nahm ein Taschentuch zur Hand, schnäuzte sich einmal kräftig und sagte: „Ich werde Euch von Pierre ausführlich berichten, aber ich wäre dafür, ihn gemeinsam auf dem Friedhof zu besuchen. Er gehörte zu unserer Gemeinschaft."

Das allgemeine Kopfnicken galt als Zustimmung.

„Pierre trank gerne einen Marillen-Schnaps. So lasst uns ein Glas mitnehmen und einen Schluck trinken, den Rest kippen wir auf sein Grab."

Wieder ein allgemeines Kopfnicken. Carol orderte vier Glas Marille und gab der Wirtin zu verstehen, dass er die Gläser zurückbringen würde. So ging das Trio auf direktem Weg zum Friedhof. Von weitem sah Carol, wie Judith am Grab die Blumen pflegte. Mit einer Handbewegung hielt er seine Freunde zurück. „Judith ist wieder da."

Niklas löste sich von der Gruppe, ging auf Judith zu und umarmte sie. Carol und Tobias folgten entspannt. Die Frau wandte sich Carol zu und sagte:

„Es tut mir leid Carol, dass ich Dich so angemacht habe, entschuldige bitte."

Der Anwalt schüttelte den Kopf.

„Ich weiß nicht was Pierre Dir erzählt hat, aber komm doch mit zu unserem Treffen, dann hörst du die Geschichte aus meiner Sicht."

Judith nickte und sah zu, wie die drei Freunde ihre Gläser in die Luft hielten und ihren gemeinsamen Trinkspruch riefen:

„Freundschaft soll für immer halten, niemals darf sie je erkalten. Zum Wohle heben wir das Glas, Prost ihr Lieben, so das wars."

Die drei tranken einen Schluck, den Rest schütteten sie auf ein Kommando auf Pierres Grab. Die vier Besucher verharrten eine kleine Weile auf dem Friedhof, dann gingen sie gemeinsam zu dem Ort, wo die Lebenswirklichkeit sich zeigte, wo die Vergangenheit wieder Gegenwart wurde. Dr. Carol Peters musste Farbe bekennen. Er musste die Wissenslücke um Pierre schließen und das tat ihm sehr weh.

Wir waren Kinder, als wir uns in den Ferien regelmäßig trafen, und in den hohen Himbeersträuchern unsere Burgen bauten. Wir genossen diese Zeit, träumten von einer unbeschwerten, glücklichen Zukunft. Die Jahre vergingen und unsere Wege trennten sich. Gemäß unserem Schwur auf ewige Freundschaft, verzichteten wir auf Einhaltung desselben und so zerbrach unsere Gemeinschaft durch reale Lebensumstände. Jeder von uns besuchte die Schule, lernte einen Beruf oder studierte. Familie, Verpflichtungen, Verantwortung war das Maß aller Dinge. Es war Geschichte, was schön für uns war.

Die Kinderzeit war nur ein kleiner Teil unseres Lebens und versank in der

Bedeutungslosigkeit, bis heute. Ich hatte mein juristisches Staatsexamen hinter mir und befand mich in einem Referendariat in einer Anwaltskanzlei. Dort traf ich nach vielen Jahren das erste Mal wieder auf Pierre. Er hatte erfahren, von wem auch immer, dass ich Jura studiert habe. Er wollte mich unbedingt sprechen und fragte in der Anmeldung nach meinem Namen. Die Mitarbeiterin wies ihm eine Besucherecke zu und rief mich an. Als ich Pierre sah, erschrak ich. Er war sehr dünn, abgemagert bis auf die Knochen, verhärmtes Gesicht. Er kam auf mich zu, umarmte mich und flüsterte „Hilf mir alter Freund." Ich drückte ihn langsam auf die Besuchercouch zurück und fragte ihn, was denn los sei. Erst unterhielten wir uns über alte Zeiten, doch ich spürte, dass ihn diese Erinnerungen quälte. Er wollte etwas anderes loswerden.

„Pierre, erzähle, was ist los?"

Der Kaffeeautomat in der Besucherecke lud mich förmlich dazu ein, zwei Pappbecher mit Kaffee zu entnehmen, um sie dreiviertel gefüllt auf den Tisch zu stellen. Pierre trank einen Schluck und sagte: „Du bist doch Anwalt und kannst mir raten. Vor zwei Jahren wollte ich Kunstgeschichte studieren. Ich kann gut malen und modellieren, das haben mir Fachleute bestätigt. Du weißt das ich Halbfranzose bin. Mein Vater ist ein konservativer strammer Deutscher und meine Mutter eine friedfertige Französin. Meine Mutter leidet unter meinem Vater. Er demütigt sie, schlägt sie sogar manchesmal. Als ich einmal dazwischen ging, schlug er auch mich und drohte mir den Unterhalt zu streichen. Ich bin finanziell von ihm abhängig.

Er hat einen Gebrauchtwagenhandel, verdient gutes Geld. BAföG wurde mir abgelehnt. Meine Mutter versucht mir so gut es geht zu helfen, kommt aber gegen diesen Mann nicht an." Pierre trank erneut einen Schluck, mittlerweile kalten Kaffee und fuhr dann mit ernster Miene fort.

„Er hat mir lachend alle Zulagen gestrichen. Ich weiß jetzt nicht, wie ich mein

Dachzimmer bezahlen und meinen Lebensunterhalt bestreiten kann. Vater meinte, ich solle mir einen Job suchen, zum Studieren wäre ich zu blöd. Tatsächlich bin ich das erste Mal durch die Aufnahmeprüfung gefallen. Die Wiederholungsprüfung hätte ich nicht bezahlen können. Meine Frage an meinen Anwaltsfreund, kann ich meinen Vater auf Unterhalt verklagen?"

Ich musste nicht lange überlegen und antwortete: „Ist überall nachlesbar. Wenn Du keinen Beruf erlernst, keinen abgeschlossenen Beruf hast, oder dich im Studium befindest, müssen Deine Eltern Dir bis maximal siebenundzwanzig Jahre Unterhalt zahlen. Du bist fünfundzwanzig, also müssen sie zahlen. Deine Mutter kann es nicht, also Dein Vater."

„Das weiß ich" warf Pierre ein, „aber ich studiere zurzeit nicht."

Nun war ich auch überfragt und bat Pierre um Geduld. Ich wollte mich genau informieren und mich bei ihm melden. Ich sah, wie mein

Freund zitterte, wie ihn die Situation förmlich mitnahm. Als ich ihn verabschiedete, versprach ich ihm, mich um seinen Fall zu kümmern. Er tat mir leid. Es ging mir durch und durch, ihn in diesem Zustand zu sehen. Ihr wisst, wie fröhlich er als Kind war, wie seine Augen leuchteten und wie zufrieden und glücklich er die Welt umarmen konnte, und dass in diesem Elternhaus! Positive Nachrichten hatte ich für ihn nicht. Telefonisch konnte ich ihn nicht erreichen, also machte ich mich auf den Weg zu seiner Dachwohnung in der Göttinger Kirchturmspitze.

Die Wendeltreppe nach oben dauerte ewig und brachte mich schon körperlich an die Grenzen. Ich klopfte an seiner Tür, die war nur angelehnt. Als ich das eine Zimmer betrat, erschrak ich. Er lag auf einer Luftmatratze und schlief. Daneben zwischen seiner Liege und dem Türrahmen stand ein Topf mit kalten Nudeln. Es gab einen Tisch, zwei Holzstühle und eine nackte Birne als

Deckenbeleuchtung. Auf der Erde stapelten sich Bücher und Zeichnungen aller Art. Schnell raus hier, dachte ich und weckte etwas unsanft meinen Freund. Pierre erschrak als er mich sah:

„Wo kommst du her?" stotterte er. „Na von draußen du Spaßvogel. Warum gehst du nicht ans Telefon?"

„Warum sollte ich, meistens rufen Leute an, denen ich Geld schulde." Ich warf ihm eine Jacke und die Schuhe zu und rief: „Los komm, wir gehen in die Kneipe."

Unterwegs erzählte ich ihm wie seine Chancen stehen und die waren nicht rosig. Es galt einen Prozess zu vermeiden. Ich riet ihm sich mit seinem Vater zu einigen. „Gib ihm, was er von dir haben will und du bekommst von ihm, was du haben willst." „Er will, dass ich einen Beruf erlerne und Geld verdiene, mehr nicht."

Ich vergaß noch zu erwähnen, als wir sein Zimmer verließen, griff er noch in den Topf kalter Nudeln, füllte damit seine Hand und verschlang diese genüsslich. Mir wurde übel, als ich das sah.

In seiner Stammkneipe waren sehr wenig Gäste. Wir setzten uns an einen Tisch und bestellten beim Wirt zwei Bier. Pierre suchte die Toilette auf und der Wirt brachte die Getränke an unseren Tisch.

„Bezahlen sie das Bier?" fragte er süffisant. „Ihr Freund hat bei mir schon einen Deckel gemacht, mehr geht nicht." Ich nickte und fingerte aus meiner Geldbörse einen Schein heraus.

„Die nächsten zwei Biere bezahle ich gleich mit. Sagen sie mal, kennen sie Pierre gut?" Der Wirt nickte. „Ja, er ist hier das Unikum. Früher sagte man dazu Klassenclown. Er geht nicht wie andere Menschen über den Fußboden, sondern springt von Tisch zu Tisch, ob dort Gäste sitzen oder nicht. Wenn andere vorwärtslaufen, läuft er rückwärts. Er ist anders als andere, aber nicht unmöglich. Es gibt viele Gäste, die ihn mögen."

Pierre kam zurück und ich sagte zu ihm: „Ich rede mit deinem Vater."

Zuerst wollte Pierre nicht meine Einmischung. Ich sah, wie sein Körper zitterte, wenn er über seinen Vater sprach. Es ist besser, so dachte ich, würde ich den Vater allein sprechen. „Ich gehe mit" flüsterte er mir zu, „Er ist mein Erzeuger." So gingen wir zu ihm. Unterwegs versuchte ich mir noch ein Bild von dem Vater zu machen. Als Kind habe ich ihn gesehen, wenn wir Ferien in Bad Sachsa machten. Mir war nichts an ihm aufgefallen, was mir in Erinnerung geblieben wäre. Als ich plötzlich vor dem großen, breitschultrigen Mann stand und davor den schlanken, zitternden Pierre sah, konnte ich die Hilflosigkeit meines Freundes verstehen. Selbstsicher reichte ich erst der Mutter Julia meine Hand, dann dem Hausherrn, der sie nahm und kräftig drückte. „Kennen wir uns?" sagte er und ich nickte. „Als Kind war ich mit

Ihrem Sohn befreundet, jetzt haben wir uns wiedergetroffen und ich wollte seine Eltern begrüßen."

Pierre beugte sich linkisch nach vorne und rief. „Mein Freund ist Anwalt." Der Vater runzelte die Stirn. „Braucht mein Sohn einen Anwalt? Vielleicht sogar gegen mich?"

Ich versuchte die Bemerkung schnell zu übergehen.

„Nein, mir tut der Lebensumstand meines Freundes leid, und ich wollte sie bitten, Hilfe zu leisten. Ich würde mich auch engagieren." Ich sah wie die Stirnadern des Vaters anschwollen, als er gleichzeitig schrie.

„Ich helfe ihm, wenn er einen Beruf erlernt, arbeitet und Geld verdient." „Er möchte aber Kunstgeschichte studieren und ich sehe sein großes Talent." Der Vater blieb wütend. „Vielleicht gehören Sie auch zu der Rauschgift Conection, der der Junge angehört. Es sind alles nutzlose Objekte, die ins Arbeitslager gehören."

Oh, dachte ich. Das ist noch ein ewig Gestriger, ein übriggebliebener Alt-Nazi, Vorsicht Carol, bleib ganz vorsichtig.

„Nein, ich bin in einem Anwaltsbüro, trinke und rauche nicht und nehme kein Rauschgift. Hören sie, ich will ihrem Sohn nur helfen."

Plötzlich trat die Mutter nah an ihrem Mann heran und flüsterte: „Lass uns helfen, schau dir den Jungen doch einmal an."

Der Vater unwirsch, wie er war, drückte mit der rechten Schulter seine Frau an die Seite und raunte ihr zu:

„Halte dich da raus. Er ist so geworden, wie du es gewollt hast. Er ist ein Waschlappen, ein Weichei, eine Missgeburt."

Die Mutter lief weinend aus dem Raum und ich musste mich zurückhalten. Ich musste die Nerven behalten. Pierre konnte es nicht. Er stürzte auf seinen Vater zu, ich konnte ihn noch gerade zurückhalten, „Wir zeigen dich an" schrie er wie von Sinnen. „Du tötest meine Mutter und mich. Du bist ein Schwein." Als hätte der Vater auf die Worte gewartet, so zeigte er auf die Tür.

„Dort hat der Maurer ein Loch gelassen, nennt man Tür. Verschwindet und lasst euch hier nicht wieder sehen."

Nun kannte ich den Vater und ich fühlte mich Pierre gegenüber verpflichtet. „Pierre" sagte ich zu ihm, und nahm ihn freundschaftlich in den Arm.

„Ich spreche mit meiner Kanzlei und wir werden deinen Vater auf Unterhalt verklagen. Ich strecke dir die Miete für drei Monate vor."

Meine Kanzlei hatte nichts dagegen, dass ich einen Unterhalts-Fall übernehmen wollte. Peanuts waren das für sie. Solche Verfahren kommen nicht sehr oft vor Gericht, man erzielt vorher schon Kompromisse. Pierres Vater war schon ein anderes Kaliber. Ihm einen Kompromiss abzuringen, sah ich als sehr schwierig an. Ich bat Pierre um zehn Tage Geduld, da ich einerseits die Schrift vorbereiten wollte und andererseits das Tagesgeschäft in meinem Beruf nicht vernachlässigen sollte.

Pierre musste mir noch die Vollmacht unterschreiben und so ging ich einige Tage später, zum zweiten Mal in seine Behausung. Was ich vorfand war schier eine Katastrophe. Pierre lag auf der Luftmatratze, seine Augen waren verdreht, sein Atem mehr als schwach. Neben ihm lagen drei verschiedene Tablettenröhrchen. Ich erkannte sofort seinen lebensbedrohlichen Zustand und rief die Notarztzentrale an, die sehr schnell kamen und meinen Freund ins Krankenhaus brachten.

Ich sah mich in dem Raum noch etwas um, und fand auf dem Tisch einen kleinen gelben Zettel. Auf dem Zettel stand, und das las sich wie ein Hilfeschrei, nur das Wörtchen „Mama". Widerwillig, aber doch sorgenvoll fuhr ich zum Haus des Vaters. Etwas musste geschehen sein, denn ich sah viele Polizei und Notarztwagen an der Straße stehen. Ein

Polizist wollte mich nicht durchlassen. Ich sagte ihm, dass ich ein Anwalt der Familie sei und schon öffnete man mir die Absperrung.

Im Haus traf ich auf den am Küchentisch sitzenden Vater. Hektische Betriebsamkeit durch verschiedene Institutionen waren zu erkennen, darunter auch ein Bestattungsunternehmen. Zwei Männer in schwarzen Anzügen trugen einen Sarg aus dem Haus. „Was ist hier los?" fragte ich in die Runde. Als der Vater mich sah rief er: „Was wollen sie hier?" Ich gab ihm zu verstehen, dass ich als Anwalt seines Sohnes fungiere. Er tippte sich an die Stirn und rief:

„Dann sagen sie ihm, er hätte seine Mutter so aufgeregt, dass sie sich aufgehängt hat."

Pierres Mutter war tot und wie mir die Notärzte bestätigten, hatte sie sich im ehemaligen Kinderzimmer erhängt. Dass sein Sohn im Krankenhaus lag, schien den Vater weniger zu interessieren. Ich konnte eins und eins zusammenzählen und mir war klar, dass

Pierre vom Tod der Mutter erfahren hatte und selbst aus dem Leben scheiden wollte. Natürlich fand ich sofort eine Erklärung für den mütterlichen Freitod. Die sensible Frau saß zwischen zwei Stühlen. Ihren Mann musste sie ertragen und konnte ihren Sohn nicht helfen, darum hat sie diesen Weg genommen.

Mein nächster Weg führte mich direkt ins Krankenhaus auf die Station 2a in Zimmer 202. Pierre war wieder ansprechbar. Sein Magen wurde ausgepumpt und sein Gesamtzustand wieder hergestellt.

„Warum hast du mich gerettet?" sprach er leise zu mir und ich antwortete ebenso leise, „Weil du mein Freund bist." Pierre versuchte sich aufzurichten, ich half ihm dabei. Er gab mir einen Brief und sagte: „Mutter hat den Brief an mich geschrieben. Ich wollte mit Vater noch einmal reden und bin zu ihm gegangen. Wir stritten uns erneut und ich rannte in mein ehemaliges Kinderzimmer, mein Vater hinter mir her. Wir erstarrten als seine Frau und meine Mutter am Seil hing. Vater rannte aus dem Zimmer, um den Notarzt zu rufen. Ich kniete nieder und weinte bitterlich. Meine Mutter war meine einzige positive Anlaufstelle. Sie war eine gütige, auf Harmonie bedachte Frau. Es war kein Selbstmord. Mein Vater hat sie umgebracht." Ich erschrak von dieser Aussage und fragte: „Woher willst du das Wissen?" „Lese den Brief" er zeigte auf den Umschlag in meiner Hand und ich las.

„Mein lieber Junge, ich werde dir nicht helfen können. Ich komme gegen deinen Vater nicht an. Ich habe Angst vor ihm. Du sollst wissen, dass ich dich immer geliebt habe, und ich konnte es dir nie zeigen. Verzeih mir mein Junge."

Darunter stand mit schnörkeliger Hand geschrieben der Satz „Er hat es getan." „Aber Pierre" wollte ich konkret wissen. „Wieso hat sie Zeit gehabt, in der Todesangst, noch einen Satz zu schreiben. Wie soll dein Vater sie aufgehängt haben?"

„Er hat sie mit dem Seil erdrosselt und dann aufgehängt. Vorher konnte sie noch diesen Satz kritzeln. Bitte nimm den Brief an dich und gib ihn der Polizei. Vater soll eine Mordanklage bekommen."

Für Mord bin ich nicht zuständig, schoss es mir durch den Kopf, das müssen meine Kollegen machen. Ich konnte nichts weiter unternehmen, als den Brief der Polizei zu geben. Trotzdem kam mir der Brief und das Geschehen im Haus Cardoso mehr als seltsam vor. Sollte die Polizei ermitteln, war mein einziger Gedanke.

Staatsanwalt Herold bekam den Aktenordner Cardoso auf seinen Schreibtisch. Den Mann kannte ich gut. Er war gerecht, aber auch nicht frei von Vorurteilen. Er bat mich in sein Büro, um mir kommentarlos den Brief zu übergeben. Ich kannte den Inhalt und wollte seine Meinung hören.

„Sie verteidigen den Burschen, wenn es zu einem Meineid kommt?" Ich nickte und antwortete. „Warum soll es dazu kommen. Sein Vater wird doch angeklagt." „Eben drum, daran zweifele ich. Das einzige Beweismittel ist dieser Zusatz und den hat nicht die Frau geschrieben. Das Gutachten des Grafologen liegt vor." „Sie denken Pierre selbst hätte den Satz geschrieben?" „Genau. Klagen wir den Vater an, wird es teuer für den Sohn. Reden Sie ihrem Mandanten gut zu. Er soll hierherkommen, seine Anschuldigung widerrufen, die Manipulation zugeben und das Protokoll unterschreiben, dann kommt er mit einem blauen Auge rechtzeitig davon. Eine Spende an den Kinderschutzbund reicht als Strafe aus."

Ich erreichte Pierre in seiner Stammkneipe „D-Zug." Er war schon angetrunken, freute sich aber als er mich sah.

„Hast du mal etwas von Niklas und Tobias gehört?" lallte er und fiel mir förmlich in die Arme. Ich schleppte ihn mühselig nach Hause und sorgte dafür das er wieder nüchtern wurde.

„Du hast den Satz unter den Hilferuf deiner Mutter selbst geschrieben und willst nun deinen Vater in den Knast bringen."

Pierre lachte und seine Augen funkelten dabei. "Der soll nicht in den Knast, der soll sterben."

Nun redete ich mit Engelszungen auf ihn ein. Er solle zum Staatsanwalt Herold gehen und alles akzeptieren, was der ihm vorschlägt. Der Hass auf seinen Vater erschreckte mich sehr, ich ließ es mir aber nicht anmerken. Pierre tat das was er tun musste, aber nicht für sich, sondern für mich. Ich hatte ihm angedroht, keinen Finger mehr für ihn krumm zu machen, wenn er nicht zu seinem Vergehen stehen würde.

Zum Staatsanwalt Herold begleitete ich ihn, hielt mich aber Aussage technisch völlig im Hintergrund. So ganz ohne Mahnung kam er nicht davon. Der letzte Satz von Pierre hätte ihm fast wieder geschadet.

„Herr Staatsanwalt. Ich stehe hier, weil ich ihrer Meinung nach, eine Manipulation begangen habe. Tatsache aber ist, dass mein Vater seine Frau, meine über alles geliebte Mutter getötet hat."

„Raus" hörte ich noch den Staatsanwalt rufen. Mit zwei Händen und einer Kraftanstrengung zog ich Pierre aus dem Raum. Ich war froh, dass unser Freund mittlerweile Geld verdiente und sich auf ein Studium der Philosophie vorbereiten konnte. Gefragt hatte ich ihn noch: „Warum gerade Philosophie, das ist ein schweres Studium und was willst Du damit anfangen?"

Seine Antwort war aufschlussreich.

„Ich möchte in die Gesellschaft reinhören, den Sinn des Lebens ergründen und vorbereitet sein auf das Leben nach dem Tod."

Darauf antworten konnte ich nicht. Das war Pierre, um ehrlich zu sein, einen anderen Pierre wollte ich auch nicht. Ich lernte Barbara, genannt Babsi, an einem Abend kennen, anlässlich des Geburtstages unseres

Chefs. Sie war Rechtsanwältin in der Kanzlei Bäumler in Goslar. Wir sprachen den ganzen Abend zusammen, weil sie kaum jemanden kannte und ich ihr das Gefühl gab, ein wichtiger Bestandteil dieser Gesellschaft zu sein. Eigentlich war sie Partneranwältin für unseren Chef. Wir unterhielten uns lange. Die Gespräche wurden immer intensiver und privater. Was ich noch nie gespürt hatte, war das Gefühl einer steigenden Sympathie.

Die Frau faszinierte mich. Als der Abend zu Ende ging, bot ich ihr an, sie nach Hause zu bringen. Ich bestellte ein Taxi und fuhr mit ihr zu Gebhards Hotel. Dort hatte sie für drei Nächte gebucht. Vorsichtig fragte ich sie, ob ich sie am nächsten Tag durch Göttingen führen könnte. Sie hätte noch Zeit ihrer Arbeit in der Kanzlei nachzukommen. Sie bejahte meinen Vorschlag und so nahm ich die Anwältin in Beschlag. Ich kostete jede freie Minute aus. Ich war der Frau so zugeneigt, das ich selbst am Abend aus meinen Gefühlen keine Mördergrube machte.

Ich wollte mit ihr schlafen und ich sagte ihr das direkt.

„Du darfst mich nicht missverstehen Babsi. Ich suche kein Abenteuer, aber du bist die erste Frau, für die ich den Kopf verlieren könnte." Sie antwortete: „Und ich habe schon den Kopf verloren."

An den übriggebliebenen zwei Nächten liebten wir uns bis zur Ekstase und fanden uns in einem Rausch wieder, den wir beide wohl nie vorher erlebt hatten. Es war nicht der Sex, der uns zusammenbrachte, es war das gegenseitige starke Gefühl der Verbundenheit. Ich liebte diese Frau und sie liebte mich. Auch wenn wir getrennt lebten und arbeiteten, so fanden wir doch immer öfters einen Weg zur Zweisamkeit. Die Zeit verging.

Von Pierre hatte ich nichts mehr gehört. Babsi wurde zum Mittelpunkt meines Lebens. Mittlerweile wurde ich Staatsanwalt und war für ein Richteramt vorgesehen.

Als Staatsbediensteter, konnte ich in der Kanzlei meines Chefs nicht mehr arbeiten. Ich gab mich den neuen Aufgaben hin und führte diese Tätigkeiten auch mit Elan und Leidenschaft aus. In jeder freien Minute sehnte ich mich nach Babsi und fuhr entweder zu ihr, oder sie kam zu mir. Wir sprachen nie über einen gemeinsamen Hausstand. Wir sprachen über eine gemeinsame Kanzlei.

Im Urlaub fuhren wir in ein Ferienhaus in Neuharlingersiel und genossen das Meer und die Ruhe, gutes Essen und nette Gespräche mit anderen Urlaubern. Noch schöner konnte die Zeit für uns nicht gewesen sein. Wir waren glücklich. Ich erzählte ihr auch von Tobias, Niklas und Pierre, von unserer Freundschaft, unseren Hoffnungen und Zukunftsplänen und natürlich, von den Himbeersträuchern, in denen wir unsere Burgen bauten. Ich bedauerte auch, dass wir uns kaum noch sahen. Pierre hatte auf uns ein Gedicht geschrieben, von vier Zeilen Länge.

„Freunde sind wie starkes Holz, unverwüstlich, voller Stolz. Sie überdauert viele Jahre und endet erst auf einer Bahre."

Wieder gingen meine Gedanken zum Pierre. Was würde er jetzt tun? Wo führt ihn sein Weg hin? Doch momentan interessierte mich nur Babsi.

Ich hatte mich Hals über Kopf in diese Frau verliebt. Unsere Pläne reiften von Tag zu Tag. Wir wollten zusammenbleiben, auch wenn wir unterschiedlich wohnten. Wir wollten eine gemeinsame Praxis eröffnen, obwohl ich als Richter beruflich abgesichert und finanziell gut versorgt war. Wir dachten an alles, nur nicht an Familie mit Kindern, das Leben war schön.

Eine symbolisch dunkle Wolke zog auf, als ich an einem Samstagmorgen die Seiten starke Tageszeitung aufschlug. Babsi war an diesem Tag gerade bei mir und ihr war nicht mein erschreckter Gesichtsausdruck entgangen.

„Was ist mit dir?" fragte sie mich und ich konnte nicht antworten. Ich wandte mich ihr erst zu, nachdem ich zum dritten Mal ihre Frage hörte. Ich legte die Zeitung auf den Tisch und tippte mit dem rechten Zeigefinger auf eine Stelle: „Lese selbst.". Sie nahm die Zeitung zur Hand, dabei fiel der Bereich Sport und Automarkt auf den Boden. Auf der Lokalseite stand, dass der hochgeschätzte Bürger der Stadt, Herr Cardoso bei einem Verkehrsunfall getötet wurde. Sein Sohn P. ist tatverdächtig und in Haft genommen worden. Ihm wird die Tötung seines Vaters vorgeworfen.

„P.? ist das der Pierre, dein Freund?" Ich nickte und nahm die Zeitungsseite aus der Hand Babsis zurück, um die Zeilen selbst noch zweimal zu lesen. Staatsanwalt Herold war zu jeder Zeit erreichbar. Er war ein absoluter Workaholic. Ich wunderte mich nicht, dass er meinen Anruf sofort entgegennahm. „Ja es ist ihr Freund!" rief er mir fröhlich entgegen, so als hätte er eine

Genugtuung davon, mich ärgern zu können. Schließlich wurde ich Richter, nicht er. „Sie sind Richter und befangen. Sie können ihren Freund nicht verteidigen und ich darf ihnen keine Informationen geben."

Er schien das Gespräch zu genießen. Meine Zustimmung wartete er gar nicht mehr ab, sondern legte direkt auf.

„Staatsanwalt Herold wird mir nie verzeihen, dass ich den Job eher bekommen habe als er. Pierre hat bei ihm keine Chance und es ist richtig, ich kann nichts machen."

Babsi, die längst auf meiner Sessellehne saß, streichelte meinen Arm. „Du nicht, aber ich." Natürlich schoss es mir durch den Kopf, sie ist mit mir nicht verwandt und nicht verschwägert und hat keine persönliche Beziehung zum Pierre.

„Ich werde ihn übermorgen in der Untersuchungshaft besuchen, die Prozessvollmacht unterschreiben lassen und Akteneinsicht verlangen. Danach sehen wir weiter." Babsi fuhr am nächsten Werktag in die Göttinger Justizvollzugsanstalt. Als sie Abends wieder zu mir kam, wirkte sie mitgenommen.

„Was ist mit dir?„ wollte ich wissen. Nachdem sich Babsi ihre Schuhe ausgezogen hatte und sich mit angezogenen Beinen auf das Sofa fallen ließ, sagte sie: „Ich darf dir nichts erzählen. Ich bin jetzt seine Anwältin. Pierre wollte unbedingt dich als Anwalt haben, das konnte ich ihm aber erklären und ausreden. Ich erzähle dir jetzt eine Geschichte, die allgemein bekannt ist. Cardoso wollte die Straße gerade überqueren, als ein Auto ungebremst auf ihn zufuhr. Niemand erkannte den Fahrer, nur eine Frau. Sie beschrieb haargenau Pierre und zeigte auf ihn, als er wegzulaufen schien. Das war alles." „Und wie ist Pierres Version?" „Schatz, du weisst genau das ich mit dir über den Fall nicht reden darf." „Ja das weiß ich, erzähle, die Wände haben hier keine Abhörvorrichtung."

Babsi zögerte, dann griff sie in ihre Aktentasche und zog einen Ordner hervor. Sie legte ihn auf den Tisch und rief mir noch zu, dass sie austreten müsse. Nachdem sie gegangen war, öffnete ich rasch den Aktenordner, um den Inhalt zu inhalieren.

Der Fall schien eindeutig. Pierre sah aus gesicherter Entfernung seinen Vater und wollte zu ihm. Als er das Auto sah, sprang er zurück. Da rief schon eine Frau von weitem: „Das ist der Fahrer, der saß im Wagen, jetzt will er weglaufen." Mit ausgestrecktem Arm zeigte sie auf Pierre. Der Name der Zeugin war Ilse Habicht, auch ihre Adresse war dem Richter bekannt. Nachdem Babsi zurückkam, verstaute sie den Aktenordner in ihrer Aktentasche und sagte:

„Verdammt. Hoffentlich hast du nicht reingeschaut."

Wir lächelten uns an und wussten, dass jeder jetzt das hatte, was er wollte.

Babsi biss sich die Zähne an dem Fall aus. Sie wurde ständig aufs Neue von Staatsanwalt Herold gebremst. Längst war ihm bekannt geworden, dass wir zwei ein Liebespaar waren. Dagegen konnte er nichts machen, weil es offiziell dafür keinen Beweis gab. Auch als Babsi die Zeugin interviewt hatte, änderte sich nichts am Sachverhalt. Beide Aussagen standen sich entgegengesetzt gegenüber. Pierre war mein Freund und ich konnte und durfte nicht tatenlos zusehen, wie er lebenslänglich in den Knast wanderte. Auch Babsi traute ich auf Dauer den Kampf gegen Habicht und dem Staatsanwalt nicht zu. Was konnte ich nun tun? Einen Rollkragenpullover und eine Manchesterhose machten aus mir einen städtischen Durchschnittsbürger. In dieser Tracht suchte ich Ilse Habicht auf, ohne Babsis Wissen. Ich wollte ihr auch nichts davon erzählen. Ich wollte sie schützen. Frau Habicht stand in ihrem Vorgarten als ich kam, und zog Unkraut aus den Ritzen ihrer Einfahrt.

„Frau Habicht, kann ich sie kurz etwas fragen?" „Wer sind sie und was wollen sie?"

„Mein Name ist Drechsler. Es geht um den Auto-Unfall, den sie als Zeugin gesehen haben. Ich war auch dabei und kann ihre Aussage fast bestätigen. Nur eines war mir nicht klar. Der Angeklagte saß im Auto und sie haben ihn laufen sehen? Nun will die Polizei von mir wissen, ob die Aussage mit ihrer Meldung übereinstimmt."

Die Frau sah mich verwundert an. „Wieso soll ich mich mit ihnen unterhalten. Meine Aussage steht, ich habe den Mann laufen sehen, nachdem er aus dem Wagen gestiegen war. Mein Neffe hat mir noch hinterhergerufen, in welche Richtung er gelaufen ist."

Ich schüttelte verwundert den Kopf: „Von einem Neffen habe ich nichts gehört."

Das Gespräch plätscherte dahin und brachte keine neuen Erkenntnisse. Die Frau wollte mit mir auch nicht mehr reden. Was mir blieb war die Tatsache, dass ihr Neffe sie auf die Laufrichtung hingewiesen hatte. Davon stand nichts in der Akte. Meine Beziehung zu den Staatsorganen war als Richter sehr gut und ich konnte an Herold vorbei die Ämter beauftragen.

So bat ich die Rechercheabteilung den Neffen von Frau Habicht ausfindig zu machen und dessen Leben zu recherchieren. Was ich erfuhr war eine Hiobsbotschaft. Der Neffe von Frau Habicht war auch ein Habicht, ein Hans-Dieter Habicht. Er war mehrmals wegen Körperverletzung aufgefallen. Sein kurzzeitiger Arbeitgeber war Vater Cardoso, der ihn entließ, weil er sich mit einem anderen Arbeitnehmer geprügelt hatte.

Ich war der Meinung, dass dieser Zufall schon kein Zufall mehr sein konnte. Von meiner Recherche erzählte ich Babsi nichts. Die einzige Zeugin war die besagte Frau Habicht, darauf musste ich mich konzentrieren. Eines war mir klar, Pierre würde mich oder jetzt seine Anwältin nicht anlügen. Er war auch kein Mörder, dessen war ich mir sicher.

Mir blieb nichts anderes übrig, als Conny anzurufen. Er war mir noch etwas schuldig. Ich traf ihn in Göttingen am Gänseliesel.

„Conny begleiche deine Schuld.

Ich lege noch fünfhundert Mark drauf, wenn du von Hans-Dieter Habicht ein Schuldeingeständnis erhältst. Suche seine Nähe, freunde dich mit ihm an und entlocke ihm ein Geständnis. Ich habe das Gefühl, er hat seine Tante manipuliert. Lass das Tonband laufen und zeichne alles auf."

Ich spürte schnell, dass es ein Fehler von mir war, Conny zu beauftragen und das als Richter. Conny wollte weder seine Schuld begleichen, noch wollte er den Auftrag ausführen, Ich begab mich wissentlich in seine Hand und hoffte, dass er mein Anliegen nicht an die große Glocke hängen würde. Nun blieb mir noch mein Freund Werner Hafner, Hauptkommissar im Ruhestand. Ihn musste ich nicht am Gänseliesel treffen, er kam direkt zu mir in die Wohnung.

Bei einem guten Glas Weißwein ließen sich die Dinge besser besprechen. Auf Werner konnte ich mich verlassen.

Werner Hafner war ein guter Freund, ist er auch heute noch. Freunde warnen einander, wenn Gefahren drohen, und Werner warnte mich bei unserem gemeinsamen Glas Weißwein. „Wenn Du abseits der Regel und ohne Barbaras Kenntnisse auf eigene Faust vorgehst, kannst Du Dein Richteramt verlieren." „Was soll ich machen, Pierre ist mein Freund."

Eine Warnung meines Freundes reichte, er hatte seine Pflicht erfüllt. Er nickte und versprach mir zu helfen. Während einer Prozesspause blätterte ich in den Akten und wollte wissen, ob gegen Conny momentan etwas vorlag. Tatsächlich wurde dieser angeklagt wegen räuberischer Erpressung. Mir war bei dem Gedanken nicht wohl, dass er mit meinem unseriösen Anliegen, sein Wissen gegen mich verwenden könnte.

Staatsanwalt Herold saß mir im Nacken und beäugte mich so oft es ihm möglich war. Während den gemeinsamen Verhandlungen gingen wir professionell miteinander um. Babsi versuchte auf korrektem Wege Entlastungsinformationen zu bekommen, scheiterte aber immer wieder an der Zeugenaussage von Frau Habicht. Sie fand keine Mittel dagegen vorzugehen. Ihr Arbeitsmaterial war nur Pierres Aussage.

In der Zeit, die uns blieb, liebten wir uns. Wir sprachen über keine Fälle, auch nicht über Pierre. Innerlich allerdings brodelte es in mir, dass ich Babsi nichts sagen konnte und durfte. Werner arbeitete akribisch. Er wälzte Akten, führte Gespräche und sammelte Informationen, wo immer er konnte. Ein Zwischenergebnis bekam ich auch.

Die Erkenntnisse allerdings waren gewürzt mit Vermutungen. Hans-Dieter Habicht war ein Kleinkrimineller. Er konnte als Zeuge nicht glaubwürdig vor Gericht auftreten, darum hatte er seine Tante für diesen Job verpflichtet. Auch die Tante war mittellos. Plötzlich aber konnte Hans-Dieter mit Geld seine Rechnungen in den Kneipen und Bars bezahlen und auch seine Tante schien zu etwas Reichtum gekommen zu sein. Das Hans-Dieter mit dem Mordversuch nichts zu tun hatte, wurde nicht angezweifelt.

Ihn musste ein Dritter gekauft haben. Dubiose Menschen in seinem Umfeld gab es genug. Werners Recherche ergab, dass Hans-Dieter in Cardosos kleiner Firma ständig durch hinterlistige Machenschaften auffiel. Einmal hatte er den Streit zwischen Pierre und seinem Vater mitbekommen. Dieses Wissen ließ sich an einen besagten Dritten zu Geld machen. Die Erkenntnisse, die Werner Hafner gewann, verschmolzen sich mit Vermutungen und Hochrechnerei. Konkrete Beweise gab es nicht. Die einzige Chance, die beide Männer sahen, war die Rücknahme der Zeugenaussage. Werner sah eine Möglichkeit.

„Ich kann die Zeugin erpressen. Ich drohe ihr mit Meineid vor Gericht und mit einer Gefängnisstrafe. Hans-Dieter wird seinen Hintermännern Rede und Antwort stehen müssen. Die Frau muss umfallen."

Werner versuchte die Frau zu überzeugen, Die Frau wurde massiv in die Mangel genommen und widerrief erst mündlich, später schriftlich ihre Aussage. Trotzdem gab es ein Verfahren. Babsi stellte den Sachverhalt klar und Staatsanwalt Gerald Herold blieb nichts anderes übrig, als den Strafantrag auszusetzen. Pierre war vorübergehend entlastet, aber nicht vollständig rehabilitiert. Mich plagte Babsi gegenüber, das schlechte Gewissen, hatte ich sie doch nach allen gebotenen Regeln betrogen. Ich dachte, nun sei Gras über die Sache gewachsen, da wurde ich exakt eines anderen belehrt. Das Verfahren, indem Hans-Dieter Habicht als Beschuldigter vor Gericht stand, wurde von der Pflichtverteidigerin Barbara Sikowa begleitet, meine geliebte Partnerin.

Dass die Zeugin ihren Tatvorwurf gegen Pierre widerrief, war Werner Hafner zu verdanken. Nun sollte man wissen, dass die Zeugin Habicht und demnach auch ihr Neffe Hans-Dieter nicht von uns bedrängt wurden. Was mir nicht gelang, erreichte Werner Hafner. Er machte Frau Habicht klar, dass bei einem Meineid vor Gericht in diesem schweren Fall, Gefängnis stehen würde. Ihr Neffe müsste Jahre hinter Gitter, weil er mehrmals vorbestraft war. Der Altkommissar wartete eine Antwort der Frau nicht ab und ging wieder.

Die Frau blieb mit ihren Gedanken allein. Sie schrieb einen Brief an die Staatsanwaltschaft und nahm mit dem Schreiben ihre Zeugenaussage zurück. Sie hätte den Fahrer des Wagens nicht einwandfrei erkennen können. Mein Name blieb außen vor. Meine Sorge galt nun Conny. Babsi war überrascht und besuchte Frau Habicht einen Tag später.

Diese blieb bei ihrer Aussage. Der Neffe war zugegen und bat Babsi um ein Mandat für die Verteidigung in seinem nächsten Verfahren. Er konnte sie aber nicht bezahlen und der Deal kam nicht zustande. Anders als erwartet wurde Babsi vom Gericht dem Verfahren als Pflichtverteidigern zugeordnet. Im Gespräch mit ihrem Mandanten fiel auch der Name Conny. Etwas wurde mir klar, wenn Conny erzählt, dass ich ihm einen Auftrag erteilt hatte, dann hätte ich äußerst schlechte Karten gehabt. Babsi, die mir sehr zugeneigt war erwähnte den Namen Conny und ich wollte Einzelheiten wissen. Bruchstückhaft erzählte mir Babsi, in welchem Zusammenhang ihr Mandant und Conny stand. Ich konnte eins und eins zusammenzählen.

Conny führte meinen Auftrag nicht aus, weil er über Hans-Dieter von einem Unbekannten ein besseres Angebot bekam. Er sollte den Neffen beim Kampf gegen Cardoso unterstützen und Conny würde Karl-Heinz auch brühwarm erzählen, dass er Kontakt mit mir hatte. Es war eine verzwickte Situation. Ich musste nur noch warten bis der Mandant seiner Verteidigerin davon erzählte. Die Flucht nach vorne wollte ich noch nicht antreten. Es kam anders als ich gedacht hatte.

Staatsanwalt Gerald Herzog betrat mein Büro und grüßte mich überfreundlich. Unaufgefordert nahm er Platz und lächelte süffisant als ich ihm zurief: „Nehmen sie ruhig Platz. Womit kann ich dienen" war meine Frage und ich begegnete selbstsicher seinen durchdringenden Blick.

„Ich habe etwas auf meinem Tisch, das möchte ich mit ihnen besprechen. Kennen sie einen Conny?" Ich nickte: „Ja, das war mal ein Zeuge in einem Prozess. Ein Kleinganove meine ich!" Herzog nickte und fuhr fort: „Kennen sie einen Hans-Dieter Habicht?" „Nein" log ich, äußerlich blieb ich ruhig.

„Das ist der Neffe von der einzigen Zeugin im Prozess gegen ihren Freund." „So, das wusste ich nicht." „Ich will mich kurz fassen Herr

Richter. Die einzige Zeugin hat ihre Aussage zurückgezogen." „Na wunderbar" giftete ich:

„Dann ist mein Freund unschuldig." Staatsanwalt Herzog erhob sich aus dem schweren braunen Ledersessel und sagte zu mir: „Wir haben Conny vorgeladen. Danach werden wir klüger sein."

Grußlos verließ er mein Büro. Für Stresssituationen habe ich in meinem Schreibtisch immer einen Magenbitter, den führte ich mir jetzt mit einem Glas zu Gemüte. Conny wird reden dachte ich. Krampfhaft überlegte ich, wie ich den Fall vorbeugen konnte.

Zum verabredeten Zeitpunkt traf ich Babsi nicht in meiner Wohnung an. Sie hatte sich noch nie verspätet. Mit dem Telefon erreichte ich sie auch nicht. Eine volle Stunde später rief sie zurück

„Ich sitze hier bei Staatsanwalt Herold. Ich werde mich verspäten. Warte nicht auf mich."

So langsam dämmerte es mir, dass Babsi von meiner Einflussnahme auf die Zeugin erfahren würde. Noch unternahm ich nichts. Ich wartete ab. An diesem Tag kam Babsi nicht mehr. Ich ging in mein Stammlokal „D-Zug", stellte mich an die Theke und bestellte ein Bier. Ich blickte tief in das Glas und ließ alles noch einmal Revue passieren. Der Vater von Pierre, Jürgen Cardoso besaß einen kleinen Gebrauchtwagenhandel, das wusste ich nicht, hatte mir auch Pierre nie gesagt. Drei Angestellte waren in dem Betrieb beschäftigt. Einer davon war Hans-Dieter Habicht. Er war streitsüchtig, schlug sich mit einem anderen Mitarbeiter und wurde von seinem Chef fristlos gekündigt. Am Tag seiner Kündigung war er Zeuge eines Streits zwischen Vater und Sohn Cardoso.

"Na Richter" sagte der Wirt vom D-Zug den alle Cherry nannten „du siehst aber nicht gut aus. Wie geht es Pierre?" „Keine Ahnung" antwortete ich schlicht. Ich wurde erst richtig hellhörig als Cherry sagte: „Hier war Pierre als

Dummschwätzer, der tönte im betrunkenen Zustand lautstark, dass er jetzt eine Anwältin hat, die mit Richter Peters befreundet ist. Ihm könnte jetzt nichts passieren. Er hätte gute Freunde. Ein anderer Mann, der ihn begleitete schimpfte, er solle die Schnauze halten und schob ihn hinaus."

„Wie sah der Mann aus" wollte ich wissen und bekam eine relativ gute Beschreibung von dem Mann. Mit diesem Wissen fuhr ich erst in mein Büro. Von dort aus ging ich in das Büro, das dem Labor vorgelagert war. Den nächsten freien Mitarbeiter bat ich, von meiner Personenbeschreibung eine Zeichnung anzufertigen und diese durch den Polizeicomputer zu jagen. Heraus kamen drei ähnlich gelagerte Personen. Der erste war ein Rentner im Alter von über siebzig Jahre. Der zweite Mann war vor einigen Jahren nach Australien ausgewandert. Der dritte Mann war ein Kaufmann aus Göttingen. Siegfried Gottschalk. Er besaß eine Firma für Auto-Zubehör. Autozubehör und Gebrauchtwagen würden schon gut zusammenpassen. Schon hing ich wieder am Telefon und rief Werner an.

„Ich brauche dich, du musst wieder ran."

Werner Hafner war ein geschickter Taktiker. Er wusste genau, wo er ansetzen konnte. Er trennte das Wesentliche vom Unwesentlichen und bilanzierte seine gesammelten Erkenntnisse zu einem konkreten Bild, das kaum noch Wünsche offenließ. Wie die Prognose bei einem Landtag oder Bundestagswahl. Die Differenzen sind meistens gering. Um beide Betriebe analysieren zu können, musste er auch beide Betriebe von Grund auf erfassen.

Die erste Überraschung erlebte Werner bei seinen ersten Besuchen. Den Gebrauchtwagenhandel von Jürgen Cardoso gab es nicht mehr. Der wurde nach dem Tode des Inhabers abgewickelt. Die Autos wurden unter Preis verkauft und das im Lager befindliche Zubehör übernahm eine Firma „Auto-Zubehör-Gottschalk."

Werner erreichte den Langzeit-Mitarbeiter von Cardoso Selma Zippert. Dieser hatte sich nach dem Ende der Firma frühzeitig verrenten lassen. Herr Zippert erzählte, dass beide Männer Cardoso und Gottschalk spinnefeind waren. Cardoso hatte Gottschalk vor vielen Jahren einen privaten Kredit gegeben, damit die Firma Gottschalk überleben konnte. Beide Betriebe arbeiteten eng zusammen. Zwischen beiden gab es immer wieder Streit, weil Gottschalk mit seinen Autoteilen immer mehr in die Abhängigkeit von Cardoso geriet. Vor einem Jahr forderte Cardoso den Restkredit innerhalb einer Woche zurück. Er wollte die Geschäftsbeziehung beenden.

Cardosos Tod kam gerade rechtzeitig. Gottschalk brauchte keinen Kredit mehr abzulösen und bekam die Autoteile zu einem Spottpreis hinterhergeworfen. Werner bedankte sich freundlich für die Auskunft und warf kurz ein: „Cardoso ist ermordet worden." Zippert zuckte mit den Schultern und antwortete: „Da passt einiges zusammen."

Wir hatten keine Beweise. Wenn Gottschalk den Verkehrsunfall geplant hatte, dann wäre er irre, es selbst zu verüben. Er müsste für diese Tat einen Mittelsmann finden. Das könnte Hans-Dieter Habicht gewesen sein. Werner wollte sich nicht festlegen, zu dünn waren die Vermutungen. Er ging in die Offensive. Er klingelte direkt an der Haustür von H. D. Habicht. Dieser öffnete einen Schlitz weit die Tür. Als er Werner sah, wollte er die Tür sofort zuschlagen, doch der erfahrene Kripobeamte stellte seinen rechten Fuß dazwischen und drückte die Tür so fest auf, das Hans-Dieter nach hinten auf den Boden fiel. Bekleidet war er nur mit einer Unterhose und einem leichten Bademantel. Aus dem Schlafzimmer nebenan eilte eine, ebenfalls leichtbekleidete Dame herbei.

„Geh zurück" rief der am Boden liegende Mann, der sich mühsam wieder aufrichtete. Er drückte die Frau in das Schlafzimmer und schloss die Tür. Zu Werner gewandt sagte er: „Sie sind pensioniert. Das ist Hausfriedensbruch, Nötigung und Körperverletzung. Ich zeige sie an." Tu das mein Junge" antwortete Werner ruhig.

„Vorher singst du wie eine Nachtigall. Hast du Cardoso sen. getötet?"

„Nein Mann, das habe ich schon allen gesagt, die hier hundertmal diese Frage stellten."

„Okay, dann andersherum. Kennst Du Siegfried Gottschalk?" „Nein kenne ich nicht, war es das?" Werner nahm sein Handy zur Hand. „Gut, er steht unten am Auto. Ich rufe ihn hoch, dann sehen wir, ob ihr euch kennt oder nicht." Hans-Dieter wurde sichtlich unruhig. „Lass ihn unten, ich will ihn nicht sehen. Ja, wir kennen uns. Er war mal ein Partner meines früheren Chefs Cardoso."

„Siehst du mein Junge, so kommen wir weiter." „Ich bin nicht ihr Junge," knurrte H.D. ärgerlich. „Gut Herr Habicht, dann erzählen sie mal." „Was denn?" „Alles was ich wissen will. Zum Beispiel., hat Herr Gottschalk sie für etwas bezahlt, eventuell für eine Falschaussage?"

Die Drohgebärde von Werner schien dem jungen Mann Angst einzuflößen. „Ja", sagte er kleinlaut. „Ich brauchte Geld, meine Tante brauchte Geld und da kam uns das Angebot von Gottschalk wie gerufen. Mittlerweile haben wir die Aussage zurückgezogen und gut ist." Werner schüttelte den Kopf

„Gut ist nichts. Gut ist erst, wenn wir Cardosos Mörder haben. Hat Gottschalk dir persönlich das Geld gegeben?"

„Nein, das war ein anderer Mann."

„Wie heißt er, wo wohnt er? "Keine Ahnung." „Namen, ich will den Namen, oder ich frage Gottschalk. Moment ich hole ihn hoch." „Nein bitte nicht. Ich kenne ihn nur unter dem Namen Iwan. Er arbeitet bei Gottschalk und stammt aus Russland".

Werner bedankte sich höflich und verließ die Wohnung. H.D. rief ihm hinterher: „Der Gottschalk soll nicht hier hochkommen." Werner drehte sich um und rief: „Keine Angst mein Junge. Er ist nicht hier. April, April."

Werner hörte noch den Schrei

„Du Schwein." Er selbst sagte zu sich: „Schwein? Nein, Schweinchen oder Ferkel noch eher. Mit neuen Erkenntnissen machte sich Werner auf zur Firma Gottschalk. Diesmal traf er direkt auf den Chef. Sofort wurde er mit warmen Worten empfangen „Sind sie nicht der pensionierte Kripo-Mann? Benötigen sie etwas für ihr Auto?" „Nein, ich wollte nur wissen, ob ich einen Iwan sprechen kann."

„Der hat Urlaub." „Gut, dann können sie mir vielleicht sagen, ob sie Herrn Cardoso haben umbringen lassen."

Wütend rief er Werner entgegen. „Verlassen sie mein Grundstück, und zwar sofort." Werner lachte: „Passen sie auf Herr Gottschalk, auch wenn ich ein Pensionär bin, habe ich Einfluss. Sie können dem Ärger aus dem Weg gehen, wenn sie mir sagen, wo ich Iwan finde." „Vielleicht im Flüchtlingsheim, nun verschwinden sie schon."

Als sich Werner dem Tor näherte rief er noch zurück.

„Ich komme wieder, wir sind noch nicht fertig."

Im besagten Flüchtlingsheim kannte man keinen Iwan. Gottschalk schien es mit den Personalien seiner Arbeiter auch nicht ernst zu nehmen. Vielleicht war Iwan auch ein Schwarzarbeiter, oder er war nur für kriminelle Taten eingestellt worden. Kurzum Werner öffnete zwar einige Türen aber so recht weiter kam er nicht. Ich spürte in Babsis Nähe ein aufkommendes Unbehagen, das lag eindeutig an meinem schlechten Gewissen.

Babsi hielt sich auch etwas reserviert, seit jenem Tag als sie ein längeres Gespräch mit Staatsanwalt Herold hatte. Ich versuchte mich intensiver um sie zu kümmern. Ich drückte und küsste sie, hielt sie lange in dem Arm, aber es war nicht die Unbeschwertheit früherer Tage. Werner blieb am Ball, Er versuchte alles und ich hatte den Eindruck, er wolle sich auch als Rentner noch beweisen. Seine Recherchen in Causa Iwan reicht weit in die russische Republik hinein. Russische Freunde aus der Flüchtlingsunterkunft wurden schon für zwanzig Euro redselig. Werner erfuhr, dass Iwan ein Reisetourist sei. Er kommt über die polnische Grenze, bleibt kurze Zeit zwecks Arbeitsaufnahme in Deutschland, um nach einer Woche oder zehn Tage wieder nach Polen zu verschwinden. Sein Bettnachbar Sergio war bereit für fünfzig Euro den Ermittler anzurufen, wenn Iwan auftauchen würde.

Es waren Tage, die mich nicht zufrieden stellten. Einerseits die leichte Distanz zu Babsi und andererseits die fehlenden handfesten Beweise für Pierres Entlastung. Es kam anders als ich es erwartet hatte. Werner besuchte mich nach einem ausgiebigen Frühstück mit Babsi.

„Tut mir leid, dass ich störe" sagte er, aber kann ich Dich allein sprechen?" Ich nickte, wischte mir den Mund ab und folgte Werner in den Nebenraum.

„Was ist los Werner.? Ich möchte nicht, das Babsi noch unsicherer wird, was ist denn los?"

Werner fasste mich an den rechten Oberarm und sagte: „Man hat heute Morgen eine männliche Leiche gefunden, in der Nähe des Kiessees."

„Weiß man wer das ist" wollte ich wissen und Werner antwortete „Es ist Hans-Dieter Habicht. Er wurde gestern Nacht regelrecht mit drei Kopfschüssen hingerichtet. In der Jackentasche fand man deine Visitenkarte. Jetzt musst du unbedingt reagieren."

„Wie kommt er an meine Visitenkarte? Ich blieb doch im Hintergrund?" Werner zuckte mit den Schultern und räusperte sich, „ich weiß es nicht. Deine Freundschaft zu Pierre ist bekannt. Vielleicht hat Familie Habicht eins und eins zusammengezählt und selbst ein bisschen recherchiert. Du solltest jetzt deine Braut informieren."

Noch am selben Tag, als ich die Nachricht vom Mord an Habicht erhielt, saß ich mit Babsi beim Abendessen. Danach wollte ich ihr reinen Wein einschenken und ihr alles sagen. Plötzlich klingelte es Sturm an meiner Tür. „Ich komme gleich wieder!", rief ich Babsi zu und eilte zur Tür. Mit verweinten Augen stand Ilse Habicht vor mir und schrie.

„Sie haben Schuld das mein über alles geliebter Neffe ermordet wurde."

Ich wollte die Frau beruhigen und griff nach ihren Armen, doch sie zog sie weg. Mit beiden Fäusten trommelte sie auf meine Brust und schrie immer wieder „Sie sind schuld?" Im

Hintergrund stand Babsi, die durch das Geschrei aufmerksam gemacht wurde. „Wer ist diese Frau?", wollte sie wissen. Frau Habicht sah an mir vorbei und rief.

„Ich bin Ilse Habicht, sie kennen mich. Ich war die einzige Zeugin, die auf Druck ihres Freundes die Aussage zurückgezogen hat. Ich werde jetzt die Wahrheit sagen. Ich habe Pierre Cardoso am Steuer des Wagens gesehen."

Ich konnte mich kaum noch dieser Person erwehren. So oft ich sie auch zurückdrängen wollte, gelang es ihr immer wieder an mir vorbei auf Babsi einzureden. „Schick die Frau weg" rief sie mir zu und verschwand im Nebenraum. Sie wollte das Schauspiel nicht weiter miterleben. Mit viel Mühe konnte ich die überreizte Frau Habicht nach draußen schieben, um dann schnell die Tür zu schließen. Ich ging zurück ins Esszimmer und sah Babsi am Tisch sitzen und wie sie lustlos in ihrer Kaffeetasse rührte. Als sie mich ansprach war ihre Miene versteinert und sie nannte mich auch nicht mehr Schatz.

„Carol du musst mir viel erklären, nicht jetzt, heute Abend, wenn ich aus dem Büro zurück bin."

Mir ging es nicht gut an dem Tag. Ich meldete mich im Gericht krank. Ersatzrichter gab es genug und die zwei verhandelten Fälle waren nicht von Bedeutung. Es war das erste Mal, das ich nach dem Frühstück ein Glas klaren Schnaps zu mir nahm. Krampfhaft überlegte ich, wie ich aus dieser Nummer herauskommen könnte, mir fiel nichts ein.

Der Abend kam schneller als ich dachte. Babsi behielt außer der Reihe, ihren Mantel an. Bevor ich etwas sagen konnte, fand sie die Eingangsworte.

"Carol ich weiß nichts von deiner Heimlichtuerei. Du hast dich selbst und mich abqualifiziert. Ich wollte die Vermutung von Staatsanwalt Herold nicht ernst nehmen, weil ich weiß, dass ihr keine Freunde seid. Er wollte mich darauf aufmerksam machen, dass du als Alleinunterhalter mit deinem Freund Werner Haffner unterwegs seid. Wie stehe ich jetzt da? Erkläre es mir?"

Nun war die Stunde der Wahrheit gekommen. Ich sagte:

„Als Pierres Verteidigerin musstest du dich an die rechtsgültigen Regeln halten. Das hätte Pierre nicht gerettet. Er ist mein Freund und ich weiß das Pierre kein Mörder ist. Wie konnten wir beweisen das die Zeugin gelogen hat. Dir gegenüber blieb sie bei ihrer Meinung. Nur mit Druck konnten wir sie zum Umdenken bewegen. Wir haben fast schon den wahren Mörder entlarvt. Es fehlen noch Kleinigkeiten. Wenn ich dir alles erzählt hätte, wie wäre dein Fazit ausgefallen?" „Ich hätte dich davon abgehalten." „Siehst du und ich hätte lebenslang Pierre im Gefängnis besuchen können, obwohl er unschuldig ist. Mir blieb nichts anderes übrig als selbst aktiv zu werden. Verdammt noch mal. Diese uralte Jugendfreundschaft ist mir mehr wert als alle

Konventionen." Babsi konterte: „Sie ist dir auch mehr wert als meine Liebe." „Nein Babsi, ich liebe dich aber meinen Freund kann ich nicht den Aasgeiern opfern, wenn du das nicht verstehst, was dann?"

Sie unterbrach mich und fuhr fort: „Dann legst du keinen Wert auf unsere Gemeinsamkeit."

Ein kurzes Schweigen folgte, dann erhob sich Babsi und sagte mit ruhigem Ton.

„Ich übernachte heute bei einer Freundin. Morgen werde ich mit dem zuständigen Richter sprechen, dass wegen falscher Zeugenaussage und dem jetzigen Mord an einem weiteren Zeugen das Verfahren gegen Pierre eingestellt werden soll. Staatsanwalt Herold wird zustimmen, weil er weiß, dass du dein Richteramt verlieren wirst und er der Nutznießer davon ist. Du hast deinen Freund gerettet und mich verloren."

Sie ging zur Tür und ich hielt sie nicht auf. Ein zweites, drittes und viertes Glas Schnaps brachte meine innere Erregung wieder in ruhige Gewässer. Am nächsten Tag fuhr ich selbst zum Gericht, um meine Angelegenheiten zu klären. Es war ein Spießrutenlaufen, denn ich musste durch alle Instanzen. Ich verlor meinen Richterposten und die Zulassung als Anwalt vor Gericht, auch nicht als Pflichtverteidiger durfte ich arbeiten. Als ich mein Büro räumte traf ich auf Staatsanwalt Herold, der kopfschüttelnd vor mir stand. „Es tut mir leid, Kollege."

Mit einem Karton auf dem Arm, indem meine Privatutensilien waren, drückte ich mich an ihm vorbei und raunte ihm zu: „Viel Glück Herr Richter in späh".

Ich fuhr nach Hause und stellte die angefangene Schnapsflasche zurück in den Schrank. Was konnte ich beruflich jetzt machen? Von den Ersparnissen leben und Rechtsberatung anbieten. Werner Haffner stand weiterhin fest an meiner Seite und wollte den Mörder an Herrn Habicht dingfest machen. Er war überzeugt, dass dieser Schuft auch Cardoso auf dem Gewissen hatte. Babsi rief mich an, um mir kurz mitzuteilen, dass ich Pierre morgen aus der Untersuchungshaft abholen könnte. Als ich mit ihr reden wollte, legte sie auf. Auch meine schriftlichen Nachrichten beantwortete sie nicht. Im Gegenteil, sie löschte mich aus ihrem Freundeskreis. Verlorenes Vertrauen kann man nicht so schnell wieder gewinnen.

Am nächsten Tag fuhr ich zum Untersuchungsgefängnis. Mir standen die Tränen in den Augen, als ich Pierre auf einer Bank vor den Gefängnistoren sitzen sah. Auf seinem Schoß hielt er einen Pappkarton fest. Als er mich sah, versuchte er zu lächeln.

„In diesem Karton ist alles was ich habe." Er war abgemagert bis auf die Knochen. Wie soll ich ihn beschreiben, er sah furchtbar aus. Ich wischte mir die Tränen von der Wange und lief auf ihn zu. Wir umarmten uns und er raunte mir zu.

„Danke, dass du mich nicht aufgegeben hast. Meine Anwältin hat mir von deiner Eigeninitiative erzählt und dass du alles verloren hast, auch sie. So einen Freund hätte sie auch einmal gebraucht, hatte sie gesagt."

Ich führte Pierre zu meinem Wagen und ließ ihn auf den Beifahrersitz fallen. Bevor ich einstieg, sagte ich noch zu ihm: „Ich hole sie mir wieder, ganz bestimmt." Wir fuhren nicht direkt zu mir nach Hause. Ich kaufte für Pierre neue Klamotten, schickte ihn zum Friseur und gab ihm reichlich zu essen. Drei Tage konnte er sich bei mir erholen, dann wollte er zurück in seine Behausung und zu seinen Bekannten. Er wollte sich wieder einen Job suchen. Bevor er ging, sagte er noch zu mir.

„Warum tust du das alles für mich?"

„Erinnerst du dich an Bad Sachsa, als wir Kinder waren in den Himbeersträuchern? Wir schworen uns damals ewige Treue und Hilfe, wenn jemand in Not wäre. Dieser Schwur gilt für mich nach wie vor." Pierre sah mich an und fragte. „Meinst du wir würden uns alle einmal wiedersehen, Tobias und Niklas, Du und ich. Judith treffe ich hin und wieder."

Ich klopfte ihm auf die Schulter und antwortete: „Irgendwann Pierre, ganz bestimmt. Irgendwann treffen wir uns alle wieder aber nicht mehr in den Himbeersträuchern, sondern in einer Eisdiele und essen dort Eis mit heißen Himbeeren."

Pierre ging und ich verlor ihn aus den Augen.

Pierre war frei und meine berufliche Karriere am Ende. Ich fand keine Zeit darüber nachzudenken, viel wichtiger war für mich ein Wiedersehen mit Babsi. Ich suchte sie überall. Ich telefonierte mit der Familie, mit Freunden und Bekannten, ich bekam keine Antwort. Ich wusste nur, dass sie in einer Sozietät Hamann in Goslar weiterhin als Anwältin für Familienfragen tätig war. Dort bekam ich auch keine Antwort. Schließlich nahm ich Kontakt zu Pierre auf, der zwischen Bad Sachsa und Göttingen hin und her pendelte.

Er verdiente sein Geld als Beifahrer eines fahrenden Händlers. Ich traf ihn nicht persönlich an nur telefonisch.

„Pierre du musst mir einen Gefallen tun. Rufe in der Kanzlei Hamann an und frage nach Barbara Sikowa. Du musst noch eine steuerliche Frage mit ihr klären und dabei geht es um die U-Haft. Versuche sie nach Göttingen zu bekommen und wenn das nicht geht, mach einen Termin in Goslar aus."

Pierre wollte den Anruf sofort tätigen und zu meiner großen Freude war der Anruf vom Erfolg gekrönt. Sie sagte, dass sie sowieso in einer Familienangelegenheit nach Göttingen zum Amtsgericht müsste, danach könne man sich treffen. Diesen vereinbarten Termin nahm nicht Pierre wahr, sondern ich. Als sie aus dem Gerichtssaal kam, sah sie mich dort stehen. „Wo ist Pierre?" „Ich wollte mit dir reden und habe Pierre vorgeschoben."

Babsi musste lächeln, „Du arbeitest immer noch mit linken Methoden." „Du hättest mir doch keinen Termin gegeben. Komm wir gehen in die Kantine, schenk mir eine halbe Stunde." Wir taten es aber in einer sehr angespannten Art und Weise. Am Tisch versuchte ich immer ihre Hand zu nehmen. Sie zog die Hand weg. Ich versuchte sie mit Komplimenten zu entzücken, leider ohne Erfolg. „Ich liebe dich Babsi, ich will dich zurückhaben." Sie schüttelte den Kopf.

„Ich vertraue dir nicht mehr, du hast mich zu sehr enttäuscht. Die Kollegen lachen heute noch, wenn ich das Amtsgericht betrete."

„Was muss ich tun, um dich von meiner Liebe zu überzeugen."

„Das du mich liebst weiß ich. Sieh zu, dass Du wieder als Anwalt arbeiten kannst, dann sprechen wir noch einmal zusammen."

Das war ein Angebot, für mich eine echte Aufgabe. Ich schrieb der Anwaltskammer einen zehnseitigen langen Brief, in dem ich alle Fakten zusammentrug, meine Motivlage erklärte und selbst keinen Schaden verursacht hatte. Ich hätte zur Aufklärung beigetragen mit Hilfe eines anerkannten ehemaligen Polizisten. Wochen vergingen ins Land und ich hörte von der Kammer nichts. Dafür war mein Freund Werner nicht untätig gewesen.

Die heiße Spur zu Iwan führte ins Leere, er fand ihn nicht. Cardoso allerdings hatte einen zweiten Feind und das war kein geringerer als der russische Mafiosi Jegor Pupow. Cardoso gab Gottschalk einen Kredit, damit dieser mit seiner Firma überleben konnte. Cardoso brauchte ihn, um sich die Ersatzteile günstig sichern zu können. Gleichzeitig ist der Gebrauchtwagenhändler in ein russisches Geschäft eingestiegen, um an mehr Kapital zu kommen, was anfangs auch gut funktionierte. Mit der Zeit allerdings wurden die finanziellen Forderungen der Russen immer stärker. Nun spürte Jürgen, dass er es mit einem Mafiaunternehmen zu tun hatte. Plötzlich stand er selbst inmitten einer finanziellen Notlage und wollte nun von Gottschalk die geliehenen Einlagen zurückhaben. Die Russen erpressten Jürgen. Entweder zahlt er regelmäßig übertriebene Beiträge an die Russen oder er verliert seine Firma. Somit waren Gottschalk und Cardoso finanzschwach geworden. An Cardosos Tod waren Gottschalk und Pupow interessiert.

Man wusste das Sohn und Vater Cardoso spinnefeind waren, man brauchte nur noch eine Spur zum Mord zu legen. Der Mann, der die Situation vor Ort kannte war Hans-Dieter Habicht. Ihn konnte man schnell kaufen. Er steckte über seine Tante die Lunte an, ohne selbst den Mord begangen zu haben. Pierre sollte der Mörder sein. Nun kam es anders, als sie es erwartet hatten. Die Rücknahme der Aussage gegen Pierre war das Todesurteil für Hans-Dieter. Werner sagte: „Ich gehe nicht mehr davon aus, dass Gottschalk der Auftragsmörder ist, ich denke es ist Jegor Pupow. Man kann dieses Rattennest nur ausheben, wenn Gottschalk uns hilft."

Ich schüttelte vehement den Kopf: „Werner das ist eine Nummer zu groß für uns. Lass uns die Behörden einweihen. Pierre ist frei und mehr wollte ich auch nicht." „Carol, lass mich das Spiel zu Ende bringen. Für einen Rentner wie mich, ist das eine echte Aufgabe." „OK" rief ich ihm zu „iIh bin dabei."

Der Besuch bei Gottschalk war wieder ein Hindernislauf. „Raus" hörte ich ihn brüllen! „Ich will Sie hier nicht mehr sehen. Ich habe Ihnen nichts zu sagen."

Werner und ich traten aus dem Schatten ans Licht und Werner rief ihm entgegen.

„Schade, dann müssen wir uns an Jegor Pupow wenden. Er wird redseliger sein, dann müssen wir halt mit ihm Wodka aus Wassergläsern trinken. Wir machen alles, wir können es einfacher haben, wenn sie reden."

Das hatte gezogen, Gottschalk lud uns in sein Büro ein. Nun wollte er einiges wissen.

„Woher kennen sie den Mann?"

Nun war ich an der Reihe und Gottschalk erkannte in mir den Richter.

„Sie sind doch Richter. Ich sage nichts mehr." Schnell reagierte ich: „Ich bin kein Richter mehr, auch kein Anwalt am Amtsgericht. Sie und ihre Freunde haben dafür gesorgt, dass ich keinen Job mehr habe. Nun können sie sich erkenntlich zeigen und paar Fragen beantworten."

Gottschalk lachte. „Sie haben keinen Job mehr? Ich kann noch einen Anwalt gebrauchen." "Reden Sie!", rief Werner dazwischen. Gottschalk sah, dass er mit der humorigen Nummer nicht weiterkam und antwortete: „Bestimmt wissen sie doch alles. Sie kennen meinen Kleinkrieg mit Cardoso. Ich bin auf den Zug aufgesprungen und habe die Falschaussage beim Tod von meinem Widersacher unterstützt. Ich habe auch nicht meinem Arbeiter Iwan zum Mord aufgefordert. Ich habe später erst erfahren, dass Iwan zum Clan von Pupow gehörte. Nach dem Tod von Cardoso hatte ich plötzlich den Russen im Rücken. Jetzt hat er mich erpresst und wollte von mir auch die Schulden von Cardoso eintreiben. Gegen Mafiosis kann man sich nicht wehren. Ich habe monatlich gezahlt. Seitdem ist auch der Iwan nicht wieder aufgetaucht."

„Wie lange müssen sie noch zahlen und wieviel?", wollte ich wissen. „Es ist genauso, wenn das Finanzamt kommt, weil ich keine Steuererklärung abgegeben habe und meinen Laden schätzt, so haben sie das auch gemacht. Fünftausend jeden Monat auf unbestimmte Zeit. Zahle ich nicht, geht es mir und meiner Familie wie Cardoso."

Werner und ich sahen uns an, dann sagte mein Freund: „Sie helfen uns, wir helfen ihnen! Wir wollen den Pupow dingfest machen und den Iwan gleich mit." „Wie soll das gehen?"

„Wir verwanzen ihr Büro. Sie lassen mitteilen, dass sie den Laden verkaufen wollen und bereits morgen schon einen Interessenten erwarten. Wir schneiden das Gespräch mit.

Ich gebe den Kollegen Bescheid und wir greifen uns den Mann. Danach streichen wir ihre Gesetzesverstöße aus unserem Gehirn und sie können in Ruhe weiterarbeiten. Ist das ein Deal?"

Gottschalk nickte. Werner musste nun seinen noch aktiven Kollegen Bescheid sagen, welche Aktivitäten sie unternehmen müssen. Er bekam einen Rüffel von seinem ehemaligen Vorgesetzten, aber dennoch gingen sie auf sein Spiel ein.

Gottschalks Büro wurde verwanzt.

Im Bereitschaftswagen saßen die Abhörspezialisten. Werner und ich saßen, verbunden mit Kopfhörern, in meinem Wagen. Auch das Bürotelefon hatten wir in den Abhörmodus geschaltet. Dort klingelte das Telefon und eine verstellte Stimme sagte:

„Wir haben deine Frau und deine Tochter. Es fehlt noch ein kleiner Schritt und du siehst sie nie wieder." Gottschalk legte mit einem hörbaren Knall das Telefon auf. Die

Polizisten zogen sich zurück und wir standen nachdenklich vor Gottschalks Schreibtisch. Werner fragte: „Wer hat uns verraten?"

„Ich!", sagte der Kaufmann, „sie haben mich angerufen und gedroht meine Familie zu töten. Ich konnte nicht anders. Es gibt keine Chance gegen die Mafia." Gottschalk nahm das Telefon zur Hand und betätigte die Taste für sein Zuhause. Seine Frau meldete sich.

„Schatz ist alles ok?" „Ja", antwortete die Frau. „Hier war ein Freund von dir und hat auf dich gewartet. Jetzt ist er weg." Gottschalk drehte sich zu uns um und flüsterte. „Sehen sie, ich konnte nicht anders."

Gerade als wir gehen wollten, klingelte erneut das Telefon auf dem Tisch. Alle im Raum konnten mithören als die tiefe Stimme sagte. "Herr Richter, Herr Peters, sie sind es doch der uns jagt. Sie, der Freund von Pierre Cardoso. Geben sie auf, unser Netzwerk ist größer. Gottschalk wird bezahlen und sie auch." Totenstille war im Raum. Werner fand zuerst die Worte wieder. „Ich habe eine Turmuhr im Hintergrund schlagen gehört. Der Ton kommt nicht im gleichen Abstand. Der zweite Ton harkt und das kann nur die Jacobis Kirche sein. Dahinter steht ein leeres Fabrikgebäude, dort sind sie."

Über Funk gab er seinen Kollegen Bescheid und der ganze Tross fuhr zum angegebenen Punkt. Auch Werner und ich fuhren dort hin. Tatsächlich konnten sechs Mann verhaftet werden. Vier Mann waren schon fort und Iwan sowie Jegor waren nicht dabei.

„Sie haben es auf dich abgesehen", sagte Werner, nicht gerade tröstend, zu mir. Ich nickte und antwortete: „Ich kann mir nicht helfen aber der Gottschalk ist ein Schlüssel zum Tresor. Ich fahre noch einmal zu ihm." „Ich komme mit", rief Werner, und zwei Sicherheitsbeamte habe ich angefordert."

Die ganze Zeit hatte ich ein ungutes Gefühl. Die harmlose Verhaftungswelle, in der wir nichts gefunden hatten, keine Waffen, kein

Rauschgift, einfach nichts. Kein Jegor Pupow und kein Iwan. Gottschalks Angst vor den Mafiosi und viele weiteren Ungereimtheiten. So fuhren wir auf Gottschalks Gelände. Sein Büro war etwas außerhalb vom Wohnhaus, in einem Baracken-Neubau. Man musste eine etwas steile Treppe nach oben gehen, bevor man das Büro betrat. Von allen Seiten war man einsehbar, auch der Besucher konnte sehen, wieviele Menschen sich im Büro befanden.

Von weitem schon zählten wir drei Personen. Gottschalk war längst unterrichtet worden, dass wir uns auf dem Weg zu ihm befanden. Unsere Überraschung war echt, als uns Gottschalk seine Gäste vorstellte. „Darf ich ihnen Herrn Pupow und seinen Mitarbeiter Karakow vorstellen?" Pupow blieb auf dem Stuhl sitzen und nickte uns freundlich zu, mit einem leichten Grinsen, das ich als unverschämt ansah. Hinter ihm stand sein Mitarbeiter. Walter übernahm die Gesprächsleitung. „Sie haben Mut, stehen sie doch auf unserer Fahndungsliste." Pupow lachte: „Darum bin ich hier, welches Vergehens werde ich angeklagt. Nur zum besseren Verständnis, Cardoso und Gottschalk waren und sind meine Geschäftspartner. Den einen habe ich nicht umgebracht und der andere lebt noch." „Was ist mit den Verhaftungen im Fabrikgebäude gegenüber der Jacobiskirche?" „Das waren Leute aus meinem Betrieb, harmlose Menschen oder haben sie bei denen etwas gefunden?" „Was ist mit den Drohungen gegen Gottschalks Familie und gegen den Richter?" Werner nahm sein Handy und spielte ihm die Aufnahmen vor. Ungerührt hörte sich Pupow die Aufzeichnungen an, um dann freundlich zu erwidern. „Das sind nicht meine Telefonate, so primitiv und einfältig würde ich nicht vorgehen, oder haben sie Beweise das ich es war?" Nun wurde ich sehr ungehalten, um nicht zu sagen böse. Ich senkte meinen Kopf nahe an das Ohr meines Gegenübers und sagte. „Ich bin sauer. Mein Freund saß unschuldig in U-Haft, ich verlor meine Freundin und meinen Job. Soll ich weiter aufzählen? Ich komme nicht umhin zu glauben, dass sie der Schuft sind, der hinter allem steckt. Ich kriege das raus und dann Gnade ihnen Gott." Werner fasste mich an die Schulter, weil er Angst hatte, ich könnte handgreiflich werden. Pupow blieb ruhig „noch einmal, ich habe mit alldem nichts zu tun. Habe ich sie jemals bedroht Gottschalk?"

Der Angesprochene schüttelte den Kopf „Nein, ich weiß auch nicht, was man ihnen vorwirft, wir sind Geschäftspartner."

Ich spürte genau die Angst, die Gottschalks Körper erfasste und seine Stimme anders klingen ließ als sonst. Ich bat Werner mit Pupow nach draußen zu gehen, ich wollte mich mit dem Geschäftsmann hier noch etwas unterhalten. Werner kam dieser Bitte nach und ging mit Pupow untergehakt nach draußen. „Was soll das Herr Gottschalk?" knurrte ich, wir waren uns einig. Sie wollten uns helfen, dann sind sie umgefallen und jetzt dieses Theater, was soll das? Wovor haben sie

Angst? Ohne ihre Aussage können wir ihn nicht festsetzen und müssen ihn laufen lassen. Wollen sie das?"

Meinem Gegenüber floss der Schweiß aus allen Poren als er mir sagte: „Ich kann nicht anders. Er würde meine Familie töten, mein Geschäft ruinieren und schließlich mich auch töten. Der Preis ist zu hoch. Er saß doch ruhig auf dem verdammten Stuhl, weil er wusste das ich nichts gegen ihn unternehmen würde. Nur eines würde mir helfen, wenn man dieses Dreckschwein erschießt, und das ist in einem Rechtsstaat nicht möglich, oder Herr Richter?"

Den letzten Satz überhörte ich. Gleichzeitig wusste ich aber, dass wir hier nicht weiterkamen. Mein letzter Versuch war ihm zu sagen: „Können sie uns einen Punkt nennen, wo wir einhaken können, um ihn zu Fall zu bringen, denken sie nach?" „Ich kenne nur eine einzige Schwachstelle an ihm, das ist seine Frau Anna."

Wir hatten eine Niederlage erlitten. Die Verhafteten kamen wieder auf freien Fuß. Die aufgezeichneten Telefonate konnten wir nicht zuordnen. Den einzigen Sieg, den wir errungen hatten, war die Erkenntnis das Anna Pupow die Schwachstelle ihres Mannes war. Werner hatte auf dem Hof noch Pupow verabschiedet und dann sagte er zu mir: „Können wir seine Frau nicht festsetzen, um ihn zu erpressen?" Ich sah Werner böse an: „Bist du nicht Kommissar eines Rechtsstaates gewesen?" „das war ich. Jetzt bin ich eine rachsüchtige Wildsau. Los komm, wir werden uns die Anna einmal aus der Nähe ansehen."

Wo genau die Pupows wohnten war nicht bekannt, hätte man nicht einen Walter, der sich durch alle Dickichte schlängeln würde. Von den Verhafteten der Pupow Sippe hatte Werner einen unsicheren jungen Kandidaten gegriffen und ihn nach allen Regeln der Kunst ausgefragt, nicht ohne ihn mit Drohgebärden zu ängstigen. Dadurch erfuhr Werner etwas mehr vom Innenleben des Obermafiosi und seinem Privatleben. Der Name Anna fiel auch. Sie soll regelmäßig in Hannover an einer Veranstaltung für obdachlose Kinder teilnehmen. Lange rote Haare und eine Sonnenbrille, die sie nie absetzt. Schnell wurde uns bewusst, wann die nächste Veranstaltung stattfand. Wir fuhren hin.

Tatsächlich sahen wir die schlanke Frau mit ihren langen Haaren und der Sonnenbrille. Ich ging direkt auf sie zu und bat um ein Gespräch. „Was wollen sie von mir?" Ihr Mann sitzt draußen im Wagen und will sie sprechen. Sie wissen doch, dass er sich nicht zeigen kann in der Öffentlichkeit, bitte kommen sie." Da sie aber unter Bodyguard Beobachtung stand, sagte sie den beiden Leibwächtern, worum es ging. Auch mich fragten sie aus. Ich nannte ihnen einen falschen Namen und gab ihnen einen stichhaltigen Grund für diese Geheimnistuerei. Ich führte die beiden Männer ans Fenster und zeigte auf eine schwarze Limousine. „Sie können von hier alles einsehen. Sie ist in zehn Minuten wieder zurück. Erstaunlicherweise gaben sich die beiden Männer damit zufrieden. Die Frau begleitete uns ahnungslos bis zum Wagen. Ich öffnete die Tür und Werner gab ihr einen leichten Stoß in den Rücken. Bevor die Männer am Fenster etwas unternehmen konnten, fuhr ich den Wagen aus der Parklücke und raste davon. „Das ist eine klassische Entführung!", jammerte die Frau. „Nein!", antwortete ich: „Wir haben sie eingeladen zu einer gemütlichen Fahrt ins Blaue und sie haben zugestimmt."

Wir behandelten die Frau gut und wir wären nie auf die Idee gekommen, sie zu nötigen, schließlich waren wir Rechtssprecher. Eine Entführung gehörte nicht dazu. In Werners Wohnung angekommen, bewirteten wir sie fürstlich. Sie erhielt Tee, Obst, feines Gebäck und andere Leckereien. Immer wieder fragte sie: „Was wollen sie von mir?" Ich setzte mich neben sie und antwortete: „Wir wollen nichts von ihnen, nur von ihrem Mann. Sie sind seine empfindlichste Stelle, wo wir ihn treffen können." Ich reichte ihr das Telefon und fuhr fort. „Rufen sie ihren Mann an, nennen sie keine Namen, sondern sagen sie ihm, dass sie entführt worden sind aber gut behandelt werden. Er soll nur den Mörder von Cardoso und Habicht nennen, danach kann er machen was er will und seine Frau kann mit dem nächsten Taxi nach Hause fahren."

Nun stellte die Frau keine weiteren Fragen mehr. Wir gingen auf die Straße und sie tat, was wir von ihr verlangten. Sie reichte das Telefon an mich weiter mit den Worten: „Mein Mann will sie sprechen. Er weiß genau von wem ich entführt wurde." Ich nahm das Telefon und sagte: „Gut Herr Pupow, wir werden ihrer Frau, ihr ganzes schäbiges Leben erzählen. Wenn sie dann noch ihre Frau ist, gleicht es an ein Wunder. Um das zu verhindern, nennen sie uns den Mörder der beiden. Dass sie das wissen, was mit ihnen geschah, steht außer Frage." Die ruhige Stimme von Pupow überraschte mich;

„Wenn ich sie anzeige wegen Entführung und Erpressung, werden sie nie wieder Anwalt geschweige ein Richter." Jetzt musste ich lachen. „Keine Chance mein Lieber, ich sitze am längeren Hebel, was ist jetzt?"

In seiner ruhigen Art aber mit leichtem Unterton antwortete der Mafiosi: „Die beiden Bodyguards, die auf meine Frau aufpassen sollten, habe ich entlassen. Schicken sie meine Frau zurück und ich sage ihnen den Ort, wo der Mörder sich aufgehalten hat. Übrigens hat er nicht in meinem Auftrag gehandelt. Ich habe gestern erst erfahren, dass er zu meinen Mitarbeitern gehörte. Schicken sie jetzt meine Frau nach Hause."

„Wie heißt der Mann und wo wohnt er?" Jegor schien die Antwort zu genießen, „Der Mann ist Iwan. Er wohnt nicht mehr in der Flüchtlingsunterkunft, sondern lebt in dem Fabrikgebäude, indem ihr meine Männer verhaftet habt. Fahrt hin und lasst meine Frau gehen?" Wir bestellten ein Taxi und gaben die Frau frei. Werner informierte seine Kollegen und gemeinsam fuhren wir zu der alten Fabrik. Was wir dort vorfanden, erschreckte uns nicht sonderlich. An einer tragenden Säule des Zimmers fanden wir Iwan aufgehängt vor. Um seinen Hals hing ein Schild, darauf stand: „Ich bin ein Mörder und kann mit der Schuld nicht mehr leben."

„Glaubst du das?", sagte Werner zu mir. Ich schüttelte den Kopf: „Niemals, Pupow ist aalglatt." Die Kollegen hatten den Leichnam geborgen und legten ihn in eine Zinkwanne. Werner zog sich weiße Handschuhe an und untersuchte Iwans Hosentasche. Was dabei zum Vorschein kam, überraschte mich. Er überreichte mir eine Visitenkarte von Barbara Sikowa, meiner Babsi, mit Kugelschreiber war zudem zu lesen: „Meine Anwältin."

Als wieder eingesetzter Anwalt, konnte ich das gesamte System der Justiz wieder nutzen. Die Rufnummer von Babsi schien nicht mehr zu existieren. Die neue Nummer war mir unbekannt. Ich fuhr nach Goslar in die Kanzlei Bäumler. Am Telefon hätte ich keine

Antwort bekommen. Herr Bäumler war ungehalten: „Ich habe keine Zeit mich mit ihnen zu unterhalten." Ich hielt ihm die Visitenkarte unter die Nase, „Das fanden wir in der Tasche des Toten. Wir können Frau Sikowa nicht ausfindig machen. Wir brauchen ihre Hilfe!"

Jetzt wurde Herr Bäumler zutraulicher, ihm schien die Geschichte mit dem Toten zu heiß zu sein. „Was wollen sie wissen? Wo Frau Sikowa ist, weiß ich seit Wochen nicht mehr. Sie hat sich nicht abgemeldet. Sollte sie wiederkommen, werde ich mich von ihr trennen."

„Was ich möchte, ist Einblick nehmen in ihre letzten Fälle." „Sie sind Anwalt, glauben sie ernsthaft ich würde den Mandantenschutz außer Kraft setzen?" Ich verstand ihn und dennoch gab ich nicht auf: „Vielleicht ist ihr etwas zugestoßen. Mich interessiert nur, ob einer ihrer letzten Fälle mit dem Verschwinden zu tun hat. Ich kann sie auch über die Staatsanwaltschaft zur Herausgabe zwingen. Ich denke aber, unter uns Pastorensöhnen können wir das unauffällig regeln!"

Herr Bäumler war überzeugt. Wir gingen zu Babsis Schreibtisch, auf dem sich die Akten stapelten. „Das hätte sie alles bearbeiten müssen!", knurrte der Chef und legte mir den ersten Ordner vor. „Das ist ihr letzter Fall." Ich blätterte Seite für Seite um. Plötzlich fiel mir ein handgeschriebener Zettel in die Hand, darauf stand: „Ich muss Iwan verteidigen, sonst bekommt Klaus schweren Ärger." „Wer ist Klaus?" wollte ich wissen. „Wahrscheinlich meint sie Klaus von Roman, das war ihr neuer Freund. Er hat sie oft von der Kanzlei abgeholt und sie taten sehr verliebt."

Ich gebe zu, es versetzte mir einen erheblichen Stich. Sie hatte einen neuen Freund. Sie musste Iwan verteidigen, sonst bekäme Klaus Ärger. Dieser Satz gab Rätsel auf. Ich recherchierte im Netz nach dem Namen von Roman und siehe da, Google bot mir mindestens zehn Seiten an. Er entstammte einem hessischen Adelsgeschlecht und unterhielt in der Nähe von Northeim einen Gutshof mit Pferdezucht. Telefonische Anmeldungen liegen mir nicht, denn zu schnell wurde ich von irgendwelchen Sekretärinnen abgewimmelt. Ich fuhr direkt zum Hof und wollte den Gutsherren sprechen.

Herr von Roman stand an der Koppel und gab seinen Zureitern Befehle. Als er mich sah kam er freundlich auf mich zu. „Kann ich ihnen helfen?" Ich reichte ihm die Hand, die er fest umschloss. „Mein Name ist Peters, ich bin Anwalt und suche schon einige Zeit Barbara Sikowa. Bei meiner Recherche bin ich auf ihren Namen gestoßen. Sie sind ihr Freund und sie müssten wissen, wo sie ist." Die Miene des Grafen verhärtete sich.

„Peters? Anwalt? Waren sie nicht Barbaras Freund?" „Das tut jetzt nichts zur Sache. Ich ermittle im Namen der Göttinger Staatsanwaltschaft. Es geht um den Tod eines ihres letzten Mandaten. Iwan heißt der Mann und ist Russe. „Klaus sah auf die Uhr und wischte sich den Schweiß aus der Stirn.

„Ich habe schon wochenlang von Barbara nichts gehört und ihre Fälle kenne ich auch nicht. Brauchen sie mich noch, ich muss wieder zur Koppel." Als er gehen wollte, packte ich ihn an den Arm. „Passen sie mal auf Herr Graf von Roman. Es ist bekannt das Barbara Iwan verteidigen musste, weil sie sonst ihren Freund von Roman nicht mehr hätte schützen können. Sie werden mir jetzt sagen was los ist, oder hier erscheint morgen eine Armada von Kriminalisten und Journalisten."

Er drückte meine Hand, die seinen Arm immer noch umklammerte, nach unten und zeigte auf ein schmuckes Fachwerkhaus. „Dort wohne ich, kommen sie mit." Vor dem Haus stand eine Bank aus dem Mittelalter, auf die setzten wir uns.

„Ich hatte Barbara kennengelernt, als ich ihre Kanzlei besuchte. Ich brauchte Hilfe, denn man erpresste mich. Ich schuldete einem Mann Geld, der mir ein großzügiges Kapital zuvor gab, damit ich meine Pferdezucht ausbauen konnte. Die Banken wollte mich nicht unterstützen, weil mein Hof noch belastet war. Ich nahm das Geld an und zahlte monatlich die Raten mit Zinsen zurück. Ich kannte den Mann und sein Unternehmen nicht.

Nun können sie mir kaufmännischen Amateur-Dilettantismus vorhalten. Ich sah nur das Geld, das ich bekommen habe. Eine Zeitlang ging es gut, bis er immer mit neuen Forderungen kam. Ein Pferd musste ich ihm schenken, eine Firmengala unternahm er auf meinem Gelände usw. Ich brauchte anwaltlichen Rat und lernte dadurch Barbara kennen. Wir verstanden uns gut. Sie besuchte mich oft auf meinem Gut. Wir verbrachten schöne Zeiten miteinander. Eines Tages lernte sie bei mir den Kreditgeber kennen. Sie schien den Mann zu kennen und lehnte von jetzt auf gleich jeden Kontakt zu diesem Mann und zwangsläufig auch zu mir ab."

Ich unterbrach den Redeschwall meines Gegenübers „Ihr Kreditgeber heißt nicht zufällig Jegor Pupow?" „Ja, so heißt der Mann. Als ich nach paar Tagen Barbara wieder sah, klärte sie mich über diesen Mann auf. Ich war in den Fängen dieses Mannes geraten, ich konnte nichts machen. Auch Jegor wusste nun, wer diese Frau war und drohte ihr und mir, wenn wir uns nicht an seine Richtlinien halten würden. So kam es dann, dass dieser Iwan zu Barbara geschickt wurde. Sie sollte dafür sorgen, dass der Mann beim Gericht reingewaschen würde. Zweimal lehnte Barbara ab, dann brannte auf meinem Hof ein Gästehaus, Gott sei Dank kamen Menschen nicht zu Schaden. Spätestens jetzt wussten wir, wie ernst die Situation war und Barbara übernahm die Verteidigung.

Nun habe ich von Barbara nichts mehr gehört, auch nicht von dem Mafiosi, der hatte auch zu viel mit uns zu tun." „Danke für ihre

Aufrichtigkeit. Zahlen sie monatlich weiter. Wir versuchen ihn zu Fall zu bringen."

Wir hatten nach wie vor nichts in der Hand gegen Jegor Pupow. Wir glaubten auch nicht, dass er den Auftrag gegeben hatte, Iwan aufzuhängen. Wozu sollte er sich Mühe machen, ihn vor Gericht verteidigen zu lassen. Es müssen andere Mächte am Werk gewesen sein. Ich wollte es genau wissen und rief über mein Handy die Nummer von Jegor an. Nicht er war mein Gesprächsthema, sondern seine Frau Anna. „Meinen Mann können sie nicht erreichen, er ist außer sich vor Wut und Hass. Ich denke, er dreht noch durch." Ich ging dazwischen: „Was ist geschehen?" „Er hat vom unrühmlichen Tod Iwans erfahren und er weiß nicht wer das getan hat. Der ganze Hass konzentriert sich auf sie, weil sie und ihre ständigen Verdächtigungen zu diesem Ende geführt haben. Sie wissen wohl nicht, wer Iwan gewesen ist?" Kurze Pause, „doch der Mörder zweier Menschen im Auftrag ihres Mannes." „Sie machen sich das sehr einfach.

Zusammenhänge interessieren sie nicht. Mein Mann hatte nie einen Mordauftrag erteilt, wenn Iwan wirklich etwas getan hat, dann hat er allein gehandelt, vielleicht dachte er, er tut das im Interesse seines…" hier legte Anna eine Pause ein und ich versuchte zu ergänzen. Im Interesse ihres Mannes?" „Nein!", wurde Annas Stimme jetzt lauter, „Im Interesse seines Vaters. Iwan war Jegors Sohn aus erster Ehe. Mein Mann liebte seinen Sohn."

Ich musste mein Handy festhalten, sonst wäre es mir aus der Hand gefallen. Iwan war sein Sohn, der jetzt tot am Strick hing mit einem Zettel um den Hals, es war kaum zu glauben. „Wer soll den Jungen dann aufgehängt haben" wollte ich wissen.

„Mein Mann hat viele Feinde. Es können nur Menschen gewesen sein, die wussten, dass Iwan sein Sohn war." „Es tut uns leid, sagen sie ihrem Mann er soll uns schriftlich bestätigen, dass sein Sohn Jürgen Cardoso und Hans-Dieter Habicht getötet hat. Das wäre eine Ehrenerklärung oder besser gesagt eine Erklärung an Eides statt, dann lassen wir ihren Mann in Ruhe."

Ich vernahm ein Geräusch. Jemand hatte das Telefon aus Annas Hand gerissen und eine männliche Stimme schrie: „Sie können mich am Arsch lecken. Sie sind schuld am Tod meines Sohnes." Dann wurde es still, das Handy schwieg.

Lange habe ich mich mit Werner darüber unterhalten. Das Iwan Jegors Sohn war, auf diesen Zusammenhang wäre niemand gekommen. So wie er seine zweite Frau Anna liebte, so liebte er auch seinen Sohn und versuchte ihn zu schützen. Auch wollte er die beste Verteidigung für ihn haben. Wir hatten immer noch keine Beweise für die beiden Morde. Wir brauchten Geständnisse. Die zukünftige Vorgehensweise stammte von Werner. Wir telefonierten mit Graf Klaus von Roman und baten um seine Mithilfe. Er solle in den regionalen Zeitungen sein Gut zum Kauf anbieten. Jegor war Kreditgeber und würde davon erfahren. Er würde persönlich vorsprechen und sein Veto einlegen. Wir sind vor Ort und nehmen ihn fest, wegen Erpressung, Brandstiftung und Betrug. Wir werden ihm auch die Morde anhängen. Ihm wäre die U-Haft sicher und auch ein anstehendes Verfahren. Staatsanwalt Herold muss ich noch für diesen Plan gewinnen. Das Gespräch mit dem Staatsanwalt war beschwerlich. Wir konnten uns beide nicht leiden. Wir versuchten uns nicht gegenseitig zu demütigen, sondern beruflich, sachlich die Lage zu diskutieren.

„Sie meinen aber den Mafiosi so zu einem Geständnis bewegen zu können?" „Nein, das allein reicht nicht. Wir können ihn wegen Erpressung, Brandstiftung und Betrug vorläufig festsetzen. Wir benötigen dann einen Hausdurchsuchungsbefehl für seine Häuser. Dann sehen wir weiter."

Die anfänglichen Zweifel waren beim Staatsanwalt schnell verschwunden und er gab uns grünes Licht. „Wann soll das Unternehmen starten?" „Sofort!", rief ich.

Die Kripo nistete sich auf dem Gut ein. Der Graf musste erst die Anzeige schalten. So geschah es an den folgenden Tagen. Jegor kam, und konnte wütend dem Grafen eine klare Ansage machen und dabei auch noch Drohungen ausstoßen, die von der Polizei aufgenommen wurden. Er redete sich in Rage. Plötzlich umringten ihn Polizeibeamte, die zuvor schon seine Leute im Park des Gutes festgesetzt hatten. Als er Werner und mich sah, rief er schrill: „Ihr werdet mich noch kennenlernen." Dann war der Spuk zu Ende.

Die Hausdurchsuchungen auf Jegors verschiedenen Anwesen, die alle zeitgleich erfolgten, brachten keine wesentliche Erkenntnisse. Das Wirtschaftsdezernat wird sich mit den Ungereimtheiten vieler seiner Firmen beschäftigen. Hinweise auf Mord oder Anstiftung zum Mord fanden sie nicht. Für Werner und mich waren die gewonnenen Erkenntnisse unbedeutend. Wir wollten nicht nur eine klare beweisbare Unschuld für Pierre. Einen Indizienfreispruch genügte uns nicht.

Auch wollten wir den Mörder von Cardoso und Habicht dingfest machen. Es ärgerte uns sehr, dass uns keine handfesten Unterlagen in die Hände fielen. Staatsanwalt Herold rief mich zu sich ins Büro und bot mir sofort einen Sitzplatz gegenüber seinem Schreibtisch an, was er sonst nicht tat.

„Wir können Pupow nicht ewig festhalten. Seine wirtschaftlichen Gepflogenheiten werden noch genauer geprüft. Haben sie sonst noch Beweise?" Ich schüttelte den Kopf, dann fuhr er fort: „Kennen sie diese Frau?" Er schob mir ein Foto zu, das ich mit einem flüchtigen Blick sofort wieder zurückschob. Natürlich hatte ich die Frau erkannt, die mit geschlossenen Augen liegend fotografiert wurde. Herold schob mir das Foto wieder zu. „Schauen sie noch einmal genauer hin. Kennen sie diese Frau?" Ich kämpfte mit den Tränen und sagte mit brüchiger Stimme. „Das ist Barbara Sikowa und sie ist tot, richtig?" „Ja, die Frau fand man im Steinbruch mit gebrochenem Genick."

„Ein Unfall?" „Nein, Herr Peters. Es war Mord. Sie hat man den Abgrund hinuntergestoßen." Ich verbarg mit beiden Händen mein Gesicht und schluchzte.

„Wer hat sie ermordet?" Der Staatsanwalt lehnte sich zurück und versuchte beruhigend auf mich einzureden. „Versuchen sie sich zu beruhigen, dann reden wir weiter. Er nahm eine Karaffe Wasser, schüttete ein Glas voll und reichte es mir. Ich nahm einen Schluck und wischte schnell noch einige Tränen aus meinen Augen. Dann wiederholte ich die Frage. „Kennt man den Mörder?" Herold nickte, als er sich über den Schreibtisch nach vorne beugte. „Der Mörder sitzt in U-Haft. Es ist ihr Freund, es ist Pierre Cardoso.

Wie von der Tarantel gestochen fuhr ich hoch. „Das glaube ich nicht, das ist ein Unding, unmöglich. Sie war seine Anwältin. Er hatte keinen Grund sie zu töten, erst recht nicht meine Partnerin." „Beruhigen sie sich und hören sie zu. Die Obduktion ergab, dass beide Hände an der Schulter der Frau den

Stoß verursacht haben. Die DNA hat ergeben, das die Hände zweifelsfrei von Pierre Cardoso stammen und von niemanden anderes. Sie müssen sich damit abfinden. Er ist eindeutig der Mörder und ich beantrage das Hauptverfahren zu eröffnen."

Ich war schockiert, kaum eines Gedankens fähig, ging ich zu meinem Auto und fuhr nach Hause. Ich verließ den Staatsanwalt grußlos. Allein zu Hause hielt ich es auch nicht aus und wollte gerade meine Wohnung verlassen, als mich Werner wieder zurückdrängte. Er kam im richtigen Augenblick, um meinen Gang in die nächste Kneipe zu verhindern.

„Ich habe es gehört und kann es nicht glauben." Ich schüttelte den Kopf. „Was soll Pierre mit Babsi am Steinbruch getan haben. Wieso schubst er sie in den Abgrund, kannst du mir eine plausible Erklärung dafür geben?" Wir fanden beide nicht die richtigen Worte, doch eines war klar. Ich musste zum Pierre. Von ihm wollte ich hören, was vorgefallen war. Ich wollte aber nicht allein zu ihm gehen. Ich nahm als Zeuge Werner mit.

Der Weg in die Untersuchungshaft fiel mir schwer. Pierre dort auf einer Pritsche sitzen zu sehen, war für mich in jeder Beziehung kaum tragbar. Mein Freund, der Mörder meiner Geliebten, das wollte keinen Platz in meinem Kopf haben. Bevor ich Pierre etwas sagen konnte, rief er mir zu und weinte dabei bitterlich. „Ich habe sie nicht umgebracht, das würde ich nicht tun, warum auch." „Hast du dich mit ihr getroffen?", schrie ich. „Ja" „Deine Fingerabdrücke sind an ihrer Schulter. Du hast sie getötet. Du hast alle meine Hoffnungen, ja mein ganzes weitere Leben zerstört. Ich kenne dich nicht mehr."

Ich drehte mich um und verließ die Zelle. Ich hörte noch Pierre rufen: „Ich war es nicht!" Ich drehte mich nicht mehr um. Die Trauer überwältigte mich. Ich war verzweifelt. Werner blieb bei mir. Er war ein guter Freund. Nachdem der Leichnam freigegeben wurde, konnte die Familie Sikowa in Goslar die

Beerdigung vorbereiten. Werner und ich nahmen daran teil. Neben mir stand ihr Chef Herr Bäumler. Er flüsterte mir zu. „Warum ist Graf Klaus von Roman nicht hier, weiß er von Barbaras Tod nicht?" „Doch," antwortete ich: „Man hatte ihn verständigt." In diesem Augenblick war es mir auch egal. Die Trauer saß mir in den Knochen. Obwohl sie sich von mir getrennt hatte, war meine Liebe zu ihr ungebrochen. Meine Wut auf Pierre allerdings stieg von Tag zu Tag.

Es hat einige Tage nach Babsis Beisetzung gedauert, bis ich mich innerlich beruhigen konnte. Werner, der stets treu an meiner Seite stand, versuchte meine chaotischen Gedanken Struktur zu verleihen. Einmal sagte er zu mir: „Deinen Freund hatte man beschuldigt seinen Vater getötet zu haben. Immer wenn etwas Negatives als Schatten auf das Leben fällt, war Pierre der Betroffene. Unbedingt wollte man ihm alles Schlechte in die Schuhe schieben. Warum sollte er ausgerechnet Barbara umgebracht haben, wenn sein Hass auf seinen Vater viel ausgeprägter war. Irgendwie will sich mir diese Geschichte nicht erschließen." „Werner, wer soll jetzt noch ein Interesse haben, ihn zu bestrafen und für was?" „Nicht ihn" meinte Werner nachdenklich, „Dich, man will dich treffen."

Ich spitzte meine Ohren und versuchte die Geschehnisse zu sortieren. „Der Einzige der mich wie die Pest hasst ist Pupow und der sitzt. Er glaubt immer noch, dass ich Schuld am Tod seines Sohnes habe. Ich werde mit Pierre noch einmal reden, aber zuvor fahre ich zu dem Grafen. Ich möchte wissen, warum er nicht zur Beerdigung von Babsi gekommen ist." Graf von Roman war anfangs nicht bereit mit mir zu reden. Die Falle, die wir Pupow mit seiner Hilfe gestellt hatten, waren von Nachwirkungen durchzogen. Trotz seiner Inhaftierung konnten der Mafiosi seine Leute beauftragen, nach seiner Fasson, für Ordnung zu sorgen. Kleinere Brände wurden zwar immer wieder gelöscht aber störte erheblich den Tagesablauf auf dem Gut. Nachdem ich überzeugend mein Mitgefühl und meinen Dank zum Ausdruck gebracht habe, stand er mir doch Rede und Antwort. „Ich bin nicht zur Beerdigung gekommen, weil ich ein schlechtes Gewissen hatte. Ich gebe mir persönlich die Schuld an dem Unglück von Barbara. Sie wollte mich schützen und sich von Jegor nicht einspannen lassen, das heißt, sie wollte auch nicht seinen Sohn Iwan verteidigen. Die Drohungen richteten sich gegen mich. Darum verschwand Barbara von der Bildfläche und floh in das alte Ferienhaus ihres Vaters. Jegors Leute setzten mir zu und wollten wissen, wo die Anwältin ist. „Ich unterbrach ihn: „War das Jegor persönlich?" „Nein, er doch nicht. So etwas macht er nie persönlich. Ich hatte Angst um mein Leben, um meine Leute und um mein Gut. Als wieder mal zwei großgewachsene, Sonnenbrillen tragende Männer hier auftauchten und mich massiv bedrohten, verriet ich den Aufenthaltsort von Barbara. Das ist mein schlechtes Gewissen und darum war ich nicht bei der Beerdigung. Können sie mich etwas verstehen?" Ich nickte, das kann ich."

„Jegor wird offiziell keinen Mordauftrag geben, das ist nicht seine Art. Er hasst mich zwar und will mir Schaden zufügen aber blindlings ins Unglück würde er auch nicht laufen."

Ich bedankte mich freundlich bei ihm und fuhr direkt in die U-Haft zu Pierre. Er war sehr erfreut mich zu sehen. „Carol du hast mich nicht vergessen?" Ich setzte mich ihm gegenüber auf einen knarrenden hölzernen Stuhl, „Erzähle mir deine Version." Pierre standen Schweißperlen auf der Stirn als er mit seinen Armen gestikulierend seine Stimme erhob: „Ich war arbeiten, da rief mich Barbara an, sie wollte mich unbedingt sprechen. Den Gesprächsgrund gab sie mir nicht telefonisch durch. Sie gab mir die Adresse der Jagdhütte oder was das war und ich fuhr hin. Die Begrüßung war frostig, denn ich war auf sie wütend, weil sie sich von dir getrennt hatte, nur weil du mir helfen wolltest. Vor ihrer

Hütte lag eine schlecht gepflegte Wiese. Hinter der Wiese zog sich ein Schotterweg entlang eines Steinbruchs, der mindestens eine Tiefe von sechs Metern hatte. Wir blieben stehen, ich sah mir den Steinbruch an und dabei stritten wir uns, um das für und wider deine Hilfe für mich. Ich fasste sie an die Schultern und schüttelte sie, dabei schrie ich sie an, sie solle nicht vergessen, wie sehr du sie liebst. Den eigentlichen Grund, warum sie mich sprechen wollte, erfuhr ich nicht mehr. Ich ging weg und sah sie noch, bis ich die nächste Biegung erreichte, am Steinbruch stehen." Nun erhob Pierre seine Stimme noch einmal: „Sie stand noch da als ich ging. Glaubst du mir das?" „Nein" antwortete ich schroff und Pierre senkte seinen Kopf.

„Habe ich dich schon einmal belogen?" „Ja, mit dem Brief deiner Mutter." Ich stand auf, drehte mich und hörte Pierre mit weinerlicher Stimme sagen: „Ich war es nicht, sie stand noch als ich ging." Als ich Werner die Geschichte erzählte, fand er Pierres Aussage nicht unglaubwürdig. Ich wollte Jegor danach fragen aber sein Anwalt Detlef Liebersohn ließ einen Besuch nicht zu. Werner schließlich war derjenige, der mich motivierte, weiter zu recherchieren und Pierres Aussage einmal als richtig und gegeben hinzunehmen.

Pupow stand kurz vor seiner Entlassung. Für Wirtschaftskriminalität war eine Fortsetzung der U-Haft nicht vorgesehen. Diese Tatsache ärgerte Werner und mich enorm. Eines schönen Tages ließ mich Staatsanwalt Herold zu sich rufen. Freundlich, aber bestimmt sagte er. „Ich bin demnächst als Richter vorgesehen, Ihren Job werde ich übernehmen." Sein süffisantes Lächeln störte mich nicht weiter als ich entgegnete: „Gratulation aber dafür haben sie mich nicht rufen lassen." Herold spürte, dass mich sein Job nicht interessierte, und er setzte seine staatsanwaltliche ernste Miene auf. „Nein sicher nicht. Kennen sie einen Selma Wiesbaden?" Ich schüttelte den Kopf. „Herr Wiesbaden ist ein Mitglied und Arbeitnehmer von Jegor Pupow. Er schreibt mir, dass Herr Pupow den Mord an seinem Sohn befohlen hat und er, sowie zwei andere Kollegen diesen Mord ausgeführt haben. Er würde jederzeit vor Gericht beschwören, das Pupow der Auftraggeber sei. Sein Sohn Iwan hätte demnach die beiden Männer Cardoso und Habicht umgebracht. Pupow wollte nicht, dass sein Sohn durch langwierige Prozesse in der Öffentlichkeit zerrissen würde und vielleicht mehr erzählen würde als nötig. Im Gegensatz zu seiner Aussage möchte er, dass wir alle gegen ihn laufenden Verfahren einstellen." Ich sah Herold von der Seite an und lachte: „Das geht nun gar nicht. Man könnte ihm eine Vergünstigung anbieten, dann müsse er aber auch die Namen der anderen beiden nennen." „Das hat er getan. Ich habe ihn vorgeladen und er erschien auch mit einem Anwalt, den hier keiner kannte.

Er wiederholte seine Forderung und nannte die beiden Kumpels mit Namen. Roland Mohr und Igor Zanowski., alle drei haben eine dicke Akte bei uns: Diebstahl, Erpressung, Körperverletzung und Betrug sowie Totschlag. Mord war nicht dabei."

Erst jetzt reichte er mir das Verhörprotokoll und ich überflog es flüchtig. Meine Gedanken kreisten schön längst wieder um Pupow. „Wenn das so ist, Herr Herold, dann können sie die U-Haft von Pupow wegen Mordverdachts verlängern."

So sollte es sein. Als ich das Büro verließ rief ich Werner an, um ihm von meiner Begegnung mit Herold zu berichten. Werner meinte: „Besteht eine Chance, diese Aussage zu untermauern?" „Darum rufe ich dich an. Wir treffen uns bei der JVA. Wir unterhalten uns mit Pupow.

Der Häftling wollte mit uns ohne seinen Anwalt nicht reden. Also mussten wir im Vorzimmer warten, bis dieser eingetroffen war. Der Anwalt war sofort im Angriffsmodus. „Ich hatte ihnen gesagt, dass mein Mandant nicht mit ihnen sprechen will.

„Das ist gut", begegnete ich dem Anwalt schroff, „dann kann er die kommende Mordanklage selbst. ausfechten. „Der neugierige Anwalt ließ uns schließlich doch in die Zelle. Vom Gespräch mit dem Staatsanwalt durfte ich nichts erzählen. Ich sagte ihm nur, das Zeugen aufgetaucht sind, die ihn als Mörder bezichtigten. Pupow lachte: „Das ist bestimmt Selma Wiesbaden mit seinen zwei Volltrottel. Ich wollte meinen Sohn von Barbara Sikowa verteidigen lassen. Nachdem das nicht funktionierte und ich Iwan nicht durch Presse und verschiedene Verfahren jagen wollte, habe ich dem Wiesbaden den Auftrag gegeben, meinen Sohn sicher zu entsorgen. Entsorgen heißt nicht töten. Sie sollten ihn außer Landes in Sicherheit bringen.

Sie Herr Peters haben mit ihrer Treibjagd auf mich meinen Sohn als Freiwild ausgegeben. Vom Töten war nicht die Rede. Ich habe meinen Sohn geliebt. Er und meine Frau waren die einzigen Menschen, die ich liebte."

Er machte eine kurze Pause und fuhr fort „mein Sohn war geistig etwas beschränkt. Er war mir aber hörig. Mir zuliebe kann er Dinge gemacht haben, die ich nicht nachvollziehen kann und ich ihn nicht in jeder Situation beschützen konnte. Mehr kann ich nicht sagen. Leben sie wohl Herr Peters."

Ganz eindeutig und einseitig wurde das Gespräch beendet. „Glaubst du ihm?" fragte Werner mich und ich antwortete, „was seinen Sohn angeht, glaube ich ihm." Die drei Mörder wurden festgesetzt und man unternahm bei ihnen eine Hausdurchsuchung. Bei Roland Mohr entdeckte die Spurensicherung ein Tagebuch. In diesem Buch hatte Herr Mohr die Morde an Cardoso an Habicht und an Iwan gestanden. Dort war zu lesen. „Vielleicht schätzt Pupow unsere Arbeit endlich und nimmt uns in seinen erlauchten Kreis auf." Die drei wollten sich mit ihren Taten bei ihrem Chef einschmeicheln, in der Hoffnung die kriminelle Karriere nach oben zu klettern.

Nun hatten wir etwas Schriftliches in der Hand, um Mordanklage erheben zu können. Gegen Jegor Pupow reichten diese Schriftstücke auch nicht. Wieder einmal stand er unmittelbar vor seiner Entlassung aus der U-Haft.

Der Termin für die Hauptverhandlung stand fest. Pierre wurde angeklagt wegen Mordes aus niedrigen Beweggründen. Er sollte vor Gericht und Jegor Pupow sollte freigelassen werden. Mehrmals besuchte ich Pierre in der Haft. Immer wieder beteuerte er seine Unschuld. Mal glaubte ich ihm, mal nicht.

Es hatte auch mit meinen starken Stimmungsschwankungen zu tun. Babsis Tod hatte mich hart getroffen. Werner zweifelte an Pierres Worten nicht. Er sah einerseits keinen Grund für einen Mord, andererseits hatte man Pierre immer wieder grundlos belastet. Werner und ich fuhren zu Babsis Hütte. Wir durchtrennten das Polizeiband und betraten den Vorraum. Der Sicherheitsdienst hatte ein Handy auf dem Tisch gefunden und zur

Auswertung mitgenommen. Schon das wunderte mich, denn ohne Handy verließ Babsi nie das Haus. An der Küchenwand hing ein schmuckloser Kalender. Unter dem Datum des Todestages stand „Besuch von Pierre." Wir fanden nichts, keine Spur, die vielleicht zur Entlastung von Pierre hätte führen können. Wir gingen über die Wiese, von der Pierre sprach, und liefen den Schotterweg entlang bis zur besagten Unglücksstelle. Auch dort sahen wir uns um, drehten Stein für Stein auf die Seite, nichts was uns hätte weitergebracht. Wir fuhren schließlich wieder nach Hause. Einen Tag später musste ich wieder zu Staatsanwalt Herold. „Herr Peters, die drei Zeugen, welche wir in den Zellen beherbergen, sind ausgebrochen." „Wie kann so etwas passieren?" „Sie haben den Fahrer des Milchwagens kaltgestellt und sind mit dem Wagen geflüchtet. Drei Wachhabende haben die Verfolgung aufgenommen, die Ausbrecher gestellt und erschossen."

Meine Augenbrauen machten sich selbstständig und meine Stirnfalten ebenso. „Wieso wurden die erschossen, wenn sie keine Waffen bei sich trugen?" „Ganz einfach. Der Milchfahrer und die Wachhabenden gehörten nicht zu uns. Sie haben die drei hingerichtet, damit sie vor Gericht nichts aussagen können. Es wird nicht einfach sein, auch diese Tat Jegor anzulasten" Ich sagte: „Es ist offensichtlich, dass sein Netzwerk draußen funktioniert." Mittlerweile hatte ich die Kanzlei eines befreundeten Anwalts, der in Rente ging, übernommen und meine Sekretärin Pauline Schwarz eingestellt. Sie ist heute noch bei mir und sie ist die gute Seele meiner Kanzlei. Sie stand auch in den schwierigen Phasen meines Lebens an meiner Seite.

Die Geschichte mit Pierre hat mich nicht kalt gelassen, im Gegenteil. Manchmal verfluchte ich meine Zweifel, manchmal war ich überzeugt im Unrecht zu sein. Wenn man Pierre in seiner kleinen Zelle weinend auf der

Pritsche sitzen saß und seine Unschuld beteuerte, brach es mir das Herz. Ich zog mich zurück und meine Sekretärin wurde Vermittlerin zwischen uns. Was ich später erst erfahren hatte, waren ihre kleinen Mitbringsel, die sie ohne mein Wissen, Pierre gab. Dabei sagte sie immer „Alles Gute von deinem Freund." Sie hatte großes Mitleid mit dem Inhaftierten. Oftmals war mir schlecht vom Zweifel, ob er etwas mit Babsis Tod zu tun hatte, oder nicht. Warum wurden nur seine Fingerabdrücke ausgewiesen und warum stand er mit ihr am Steinbruch. Meine anwaltliche Existenz durfte nicht darunter leiden, ich musste mich zusammenreißen. Frau Schwarz hatte einen Termin für einen Mandanten durchgewunken, dessen Schicksal mich schon erschütterte. Er hieß Moritz Keller. Er erzählte mir von seiner Tätigkeit bei der Druckerei Wellner. Er war ein guter Arbeiter, der mit dem Verdienst seine schwerkranke Frau zu Hause finanzieren konnte. Er hatte sie gepflegt, gearbeitet und wieder gepflegt. Herr Wellner, Chef der

Druckerei holte ihn zu sich ins Büro und legte ihm die Kündigung auf den Tisch. Als er den Chef fragte warum, bekam er zur Antwort: „Weil unsere Geschäftspartner etwas gegen dich haben und unser Betriebsklima darunter leidet." Wer ihn mobbte sagte man nicht. So schnell bekam er keinen neuen Job. Seine Frau bekam die Wandlung ihres Mannes mit. Sie sah, wie er heimlich weinte. Sie versuchte ihn zu trösten, obwohl sie selbst verzweifelt war. Sie wurde immer kränker und starb schließlich. Ihre letzten Worte waren.

„Sei nicht traurig Schatz, aber allein kommst du besser durchs Leben." Nun saß dieser Mann vor mir und wollte seinen ehemaligen Chef Wellner auf ausstehende Gehaltszahlungen verklagen. Ich nahm das Mandat an. Schnell stellte ich fest, dass Partner der Firma Wellner unter anderem Cardoso und Gottschalk waren. Er war zudem ein Freund von Hans-Dieter Habicht. So schließt sich der Kreis und alle Gespenster, die man rief, waren da. Alle Wege, alle

Unzulänglichkeiten führten zur Pupow-Conection. Ich konnte Moritz Keller helfen, dass ich bei seinem Chef Wellner, die ausstehenden Zahlungen geltend machen konnte. Klage auf Wiedereinstellung war von beiden Parteien nicht erwünscht, hätten aber auch keine Chance gehabt. Immer wieder Pupow, der Mann verfolgte mich schon im Traum und Pierre. Er wartete auf die Hauptverhandlung und Jegor auf seine Haftentlassung.

Immer häufiger wachte ich nachts auf, wälzte mich im Bett und konnte nicht wieder einschlafen. Meine Arbeit als Anwalt litt nicht darunter, aber dennoch spürte ich nach jeder Verhandlung wie schwer meine Knochen wurden, Pierre bestimmte meinen Tag. Die Gedanken an ihn in seiner Zelle, weinend, nach Hilfe flehend, machten mich fertig. Dann meine Zweifel, ob das was er sagte, stimmt oder ob er mich belügt. Hinzu kam noch meine Trauer um Barbara. Werner kam regelmäßig, versuchte mich aufzuheitern und abzulenken. Sport als Ausgleich empfahl er mir und wir fingen an, die ersten Kilometer durch den nahen Wald zu laufen. Schweißtreibend und schwer atmend nutzte ich die Bänke, um meine Glieder zu strecken und mich etwas auszuruhen. „Weiter" rief Werner und trieb mich wie ein Trainer an. Wenn ich mich auch anfangs wehrte, so spürte ich abends eine gewisse Ruhe und ich konnte meine Gedanken auf das wesentliche konzentrieren. An einem der nächsten Tage rief mich Dr. Specht an. Er war bei uns in der Pathologie tätig und hatte auch Barbaras Leiche obduziert. „Herr Peters, können sie zu mir kommen? Ich muss mit ihnen etwas besprechen." Was das genau war, wollte er mir am Handy nicht sagen, also fuhr ich hin. Dr. Specht saß am Tisch unter dem Fenster. Eine Lampe beleuchtete Reagenzgläser, Spritzen und Pinzetten. „Schön, dass sie hier sind", rief er mir zu und bot mir einen Stuhl neben sich an. Dann zeigte er auf eine Röntgenaufnahme. Dabei sagte er: „Ich hatte Barbara Sikowa obduziert, alle wesentliche

Merkmale protokolliert und fotografiert. Gewebeproben für DNA-Vergleiche genommen und vieles mehr. Gestern Abend hatte ich noch etwas Zeit, Stress zu Hause" lachte er, „Da bin ich mit der Lupe noch einmal über die Röntgenaufnahmen gegangen. Wir haben mit der Schulterpartie von Frau Sikowa und die DNA-Analyse die Zuordnung zu Pierre Cardoso gefunden. Gestern habe ich festgestellt, dass es zwei weitere Fingerabdrücke gibt, und zwar genau zwischen den Brüsten, sehen sie hier." Er zeigte auf die Stelle, und ich beugte mich weit rüber, um die Abdrücke ebenfalls zu betrachten. Tatsächlich fand man dort zwei weitere Druckstellen. Ich war völlig überrascht und fragte Dr. Specht: "Was hat das zu bedeuten? Wie kann man eine Probe neu analysieren, wenn die Frau längst begraben ist?" „Keine Sorgen, Ich habe alles. Ich kann ihnen jetzt sagen, wem diese Fingerabdrücke gehören." Er machte eine ausgiebige Pause und ich wurde immer nervöser. „Reden sie Doktor!" „Die

Fingerabdrücke gehören eindeutig zu," wieder machte er zu meinem Leidwesen eine längere Pause. Es schien ihm Spaß zu machen, mich hinzuhalten. „Ich muss erst noch auf die Toilette, bleiben sie neugierig." Er kam zurück, beugte sich vor, sein Mund schien förmlich mein Ohr zu berühren. „Die Fingerabdrücke gehören Jegor Pupow." Es traf mich wie ein Schlag. Dieser Mann muss am selben Tag, zur gleichen Stunde bei Barbaras Hütte gewesen sein. Graf von Roman hatte den Aufenthaltsort verraten. Ich war nicht fähig, etwas zu sagen. Auch Werner fand die Sprache erst später wieder als er schweigend meinen Ausführungen lauschte. Endlich hatten wir den Beweis für einen von Jegor persönlich ausgeführten Mord. Mit seiner Verurteilung kann das ganze Imperium zerschlagen werden. „Fahr zur JVA und sag Pierre Bescheid!"

Werner war richtig aufgelöst, doch ich bremste ihn. „Noch nicht, Ich will die ganze Geschichte erfahren. Auch weiß ich nicht, was seine Anwälte aushecken. Erst wenn ich grünes Licht von Staatsanwalt Herold bekomme, informiere ich Pierre."

Ich konnte und durfte Jegor nicht eigenmächtig vernehmen, das lag in der Hand von Herold. Er war sehr überrascht als er die Dokumentation aus der Pathologie erhielt. Ich bat ihn, bei dem Verhör dabei sein zu dürfen. Der Staatsanwalt war einverstanden. Als Pupow mich sah, drehte er sich spontan um und rief: „Wenn er hier ist, sage ich kein Wort"

Herold lachte: „Sie müssen nichts sagen, sondern zuhören und Anwalt Peters bleibt hier." Nachdem sich alle etwas beruhigt hatten, beobachtete ich genau die Runde. Ich saß neben dem Staatsanwalt und uns gegenüber Jegor Pupow mit seinem Anwalt. Jegor schien etwas nervös zu sein. Herold stellte sofort und unverblümt die Frage: „Kennen sie Barbara Sikowa?" „Ja, ich wollte sie als Anwältin für meinen Sohn Iwan. Sie wollte ihn aber nicht vertreten. Außerdem ist sie seine Freundin." Mit ausgestrecktem Arm zeigte er auf mich. Herold fuhr fort:

„Barbara Sikowa ist tot, wussten sie das?" Jegor schüttelte den Kopf „Nein, woher auch." „Nun sie müssen sie kennen, weil sie Frau Sikowa umgebracht haben." Der Russe sprang auf und schrie: „Lüge alles Lüge!", er zeigte auf mich, das hat er doch in die Welt gesetzt!" „Der Anwalt drückte seinen Mandanten nach unten und versuchte ihn zu beruhigen: „Sie können das nicht beweisen". meinte der Anwalt und Herold ließ sich nicht beirren. „Wir können das Beweisen, weil Fingerabdrücke am Körper von Frau Sikowa festgestellt wurden und die gehören eindeutig Jegor Pupow." Dr. Liebersohn reagierte sofort: „Herr Staatsanwalt können wir das Verhör später fortsetzen, ich möchte mich mit meinem Mandanten beraten.". So geschah es auch.

Nach einer Stunde trafen wir uns wieder im Büro des Staatsanwaltes und Doktor Liebersohn sagte. „Mein Mandant wird ein

Geständnis ablegen." An Jegor gerichtet sagte er: „Bitte sprich jetzt." Pupow schien seine ausgesprochene Ruhe wieder gefunden haben und erzählte. „Ich gebe zu, ich habe Anwalt Peters gehasst. Er hat mit seinen legalen und illegalen Mitteln mein Geschäftsfluß erheblich gestört. Viele Unternehmen wollten mit mir keine Geschäftsbeziehung mehr eingehen. Ich konnte nur auf die Firmen zählen, wie Cardoso und Gottschalk. Cardoso wurde für meine Firma eine große Gefahr. Ich musste ihn ruhigstellen. Iwan bot sich an, das zu übernehmen. Wir wussten um den ewigen Streit zwischen Vater und Sohn. Dort konnten wir einhaken. Wir brauchten nur einen Unfall vorzutäuschen und Pierre Cardoso zu belasten. Vom Tod des Unternehmers war nicht die Rede. Mein Sohn besorgte sich Zeugen, die er bestechen konnte wie die Habichts. Als der Cardoso Sohn im Gefängnis saß hatten wir unser Ziel erreicht. Wir konnten nicht ahnen, dass die Freundschaft zwischen Herrn Peters und Herrn Cardoso so stark war, dass der Anwalt selbst seine berufliche Karriere aufs Spiel setzte. Die Zeugen wurden von Dr. Peters so stark unter Druck gesetzt, dass der Neffe von Frau Habicht dem Gericht die Wahrheit erzählen wollte. Mein Sohn hat ihn umgebracht, um mich zu schützen. Von dem Tage an musste ich meinen Sohn beschützen. Ich versuchte Frau Barbara Sikowa für eine Mandantschaft zu gewinnen, doch sie lehnte ab. Das habe ich noch akzeptiert. Als ich dann vom Tod meines Sohnes hörte, bin ich durchgedreht. Ich hatte den drei Schwachköpfen aufgetragen, meinen Sohn zu entsorgen, in Sicherheit zu bringen, vielleicht sogar außer Landes. Das diese drei ihr eigenes Süppchen kochen wollten, konnte ich nicht ahnen. Meine Wut war unermesslich. Ich wollte Herrn Peters das Liebste nehmen, was er wohl hatte, seine Barbara. Sie hatte wohl vor mir Angst und hatte sich versteckt. Ich erpresste den Grafen von Roman, mir das Versteck zu verraten. Töten wollte ich sie nicht, sondern ihr so zusetzen, dass kein anderer Mann sie noch ansehen könnte. Der

Zufall spielte mir in die Karten. Als ich an der Hütte ankam, hörte ich Stimmen. Sie und Pierre Cardoso stritten sich. Im Schatten der Bäume verfolgte ich sie und sah, wie sie an dem Abgrund standen und diskutierten. Als Herr Cardoso sich entfernte und außer Sichtweite war, sprang ich aus meinem Versteck und gab Barbara Sikowa einen Stoß. Sie schrie nicht, als sie stürzte und ich verschwand ungesehen."

Wir brauchten die Pause, vor allem ich. So indirekt war ich an Babsis Tod mitschuldig. Nur mühsam konnte ich mich auf dem Stuhl halten. „Was ist mit den dreien geschehen, die ihren Sohn umgebracht hatten?" wollte der Staatsanwalt wissen. „Keine Ahnung, wer das getan hat, vielleicht eine späte Rache. Ich habe damit nichts zu tun." Pupow hatte mit seinem Geständnis alles Licht in das Dunkle gebracht. Mein kritischer Freund Werner hatte später zu mir gesagt. „Ich glaube nicht alles was er erzählt. Ich glaube auch, dass er seinen Leuten den Auftrag gegeben hat, die drei Mörder seines Sohnes umzubringen. „Staatsanwalt Herold verfügte, dass Pierre sofort freigelassen würde. Ich wollte ihm persönlich die freudige Nachricht überbringen und ihn direkt in Freiheit in die Arme zu schließen.

Ich habe mich richtig gefreut. Werner ließ es sich nicht nehmen, am Abend bei mir eine gute Flasche Weißwein zu öffnen, ein Glas einzuschenken und mir zuzuprosten. „Jetzt haben wir ihn" sagte er fröhlich, aus dieser Nummer kommt Pupow nicht mehr raus. Er ist erledigt. Du kannst dich jetzt auf deinen Freund konzentrieren. Wie willst du ihn begrüßen?" „Ich werde ihn an die Hand nehmen und mit ihm in die nächste Kneipe gehen. Er bekommt etwas Gutes zu essen und zu trinken und dann werde ich mich bei ihm entschuldigen, dass ich an seiner Aufrichtigkeit gezweifelt habe.

Froh gelaunt ging ich zu Bett und froh gelaunt stand ich am nächsten Tag auf. Ich frühstückte nicht, denn das wollte ich mit Pierre tun. Langsam fuhr ich zur JVA. Der

Pförtner erkannte mich und winkte mich durch. Plötzlich lief er hinter mir her und ich stoppte den Wagen. „Herr Dr. Peters, ich hätte es fast vergessen. Sie sollen hier warten. Sie werden abgeholt von Direktor Schweicheln." Ich parkte also meinen Wagen und folgte dem Pförtner in einen schmucklosen Extraraum. Ich wunderte mich schon, warum ich nicht wie üblich direkt durch die Sperren gehen konnte. Ich wartete geduldig bis der Direktor kam. An seiner Miene konnte ich erkennen, dass etwas nicht stimmte. Nach der halbherzigen Begrüßung rief ich unverzüglich: „Ist etwas mit Pierre? Ich will ihn abholen." Direktor Schweicheln drückte mich sanft auf einen Stuhl und flüsterte mit leicht stotternder Stimme.

„Sie können ihn nicht abholen. Er hat sich gestern in seiner Zelle erhängt. Pierre Cardoso ist tot. Für diese Tat hat er ein eingeschmuggeltes Seil benutzt und den Fensterrahmen." Das Blut schoss mir in den Kopf, bewegungsunfähig war ich und über allen Maßen schockiert. Meine Sinne verschwammen und mein Blutdruck war nicht mehr zu Bremsen. Für Tränen hatte ich keine Zeit, zu unwirklich war das Gehörte. Der Direktor bat den Pförtner mir ein Glas Wasser zu bringen, das ich in einem Zug leerte. Dann wurde mir ein Zettel über den Tisch geschoben. „Der ist für sie von Herrn Cardoso."

Ich stand noch nie vor dem Tor zur Hölle. Jetzt aber kam es mir vor, als würde mein Leben hier an dieser Stelle beendet werden. Später erst liefen mir die Tränen und ich war der Verzweiflung nahe. Doch zu dieser Stunde nahm ich den Brief oder besser gesagt Zettel und las. „Lieber Freund Carol. Du hast immer an mich geglaubt und mir geholfen. Du warst ein guter Freund, auch wenn du jetzt nicht an mich geglaubt hast. Danke für deine Freundschaft. Ich bin unschuldig, doch eine Chance habe ich nicht. Ein Leben im Gefängnis schaffe ich nicht. Grüße Niklas und Tobias von mir. Ich bin bei Euch, ich schaue euch von oben zu." Der Zettel fiel mir aus der Hand. „Kann ich ihn noch einmal sehen?" „Er ist bei Dr. Specht. Ich melde sie an. Kann ich sie begleiten?" „Nein, es ist nicht weit, ich laufe in die Pathologie." Ich wollte nichts mehr erklären, nicht mehr reden. Mich zog es nach draußen. Es war ein rauer Wind, der mir um die Nase blies. Ich überquerte zwei Straßen und nahm das laute Hupen genervter Autofahrer nicht wahr.

Dr. Specht empfing mich mit ernster Miene und führte mich schweigend in den kalten Raum. Inmitten des Raumes stand eine Bahre mit einem abgedeckten Leichnam. Dr. Sperling zog die weiße Decke langsam vom Körper des Toten und trat ehrfurchtsvoll drei Schritte zurück. Ich sah in das blutleere Gesicht von Pierre. Ich sah die Strangulationsnarben an seinem Hals. Mir zog es die Beine weg. Der Pathologe konnte mich gerade noch auffangen und er führte mich aus diesem kalten Raum durch eine Seitentür ins Freie. „Kann ich sie nach Hause bringen lassen?" „Nein" antwortete ich. Den Wagen in der JVA lasse ich abholen. Ich nehme mir ein Taxi. Ich fuhr nicht nach Hause, sondern ließ mich in der Stadt absetzen, um auf direktem Weg in den D-Zug, unserer Stammkneipe zu gehen. Cherry der Wirt sah mich an und wusste, dass er mich nicht ansprechen sollte, so gut kannte er mich. Er stelle mir unaufgefordert ein Bier auf die Theke und parallel dazu einen Schnaps. Ich wollte mich betäuben, nicht daran denken zu müssen. „Cherry, noch eins!" rief ich und kippte mir das Betäubungsmittel hinunter. Der Wirt tat das einzig richtige. Er ging zum Telefon und rief Werner an. Dieser hatte in der Zwischenzeit alles erfahren. Kurz nach dem Gespräch stand Werner neben mir, legte seinen Arm auf den meinen und flüsterte. "Es tut mir leid, unendlich leid." „Ich habe Schuld Werner, hätte ich ihn ein Tag vorher über seine Entlassung informiert, wäre das nicht passiert, ich bin der Schuldige! Wie soll ich weiterleben?" Er griff nach meinen Armen und ich hatte jetzt die Möglichkeit an seiner

Schulter zu weinen. Meine Sekretärin musste alle Termine auf Eis legen.

Ich war nicht in der Lage, ein normales Leben führen zu können. Es dauerte sehr lange, bis ich wieder halbwegs meinen Beruf ausüben konnte. Ausschlaggebend war ein Mandant, der mir erzählte, er wolle einem Freund helfen, der unschuldig im Gefängnis saß. Mit diesem Fall konnte ich meine innere Unruhe überwinden und mich wieder kämpferisch für eine Sache einsetzen, die Bezüge zu meiner eigenen Geschichte hatte.

Durch meine berufliche Untätigkeit hatte ich viel Geld verloren. Meine Sekretärin Pauline Schwarz hatte mich auf ein ausstehendes Gehalt nicht aufmerksam gemacht. Sie stand während dieser Zeit treu an meiner Seite. Auch Werner besuchte mich täglich, solange bis es mir schon auf die Nerven ging. Ich erhielt mein Leben zurück. Es war aber anders als vorher. Der Prozess von Jegor Pupow nahte und wurde an sechs Tagen verhandelt. Er wurde wegen Mord an Barbara Sikowa zu lebenslanger Haft verurteilt. Seine wirtschaftlichen Verwicklungen befanden sich noch in der Ermittlungsphase. Am letzten Verhandlungstag saß ich als Zuschauer im Gerichtssaal. Nachdem ich den Saal verlassen hatte, sprach mich ein Reporter an. „Wie finden sie das Urteil Herr Dr. Peters?" Im Vorübergehen antwortete ich ihm: „Wenn sie mich als Anwalt fragen, hat das Gericht ein gerechtes Urteil gefällt. Fragen sie mich als Freund des Getöteten hätte ich mir für den Mörder etwas anderes gewünscht, was genau sage ich nicht." So ging ich meines Weges. Zur Beisetzung von Pierre kam ich nicht. Zwei Gründe hielten mich davon ab. Erstens nahm ich an einem Prozess in Hannover teil, der kam mir zur rechten Zeit gelegen. Zweitens konnte ich nicht an seinem Grab stehen, um alles noch einmal hochkochen zu lassen. Ich nahm mir vor, diesen Besuch allein später nachzuholen. Das ist meine Geschichte, liebe Freunde und die Geschichte unseres gemeinsamen Freundes Pierre.

Dr. Carol Peters schwieg und sah sich in den Kreisen seiner Freunde um. Nicht nur er, auch die Anwesenden hatten Tränen in den Augen. „Wie hätte ich im Angesicht dieser Tragödie weiterleben können?", fragte er nach einer Pause der Stille. „Vielleicht hätte ich Zweifel nicht aufkommen lassen, wenn der Mord an einer mir fremden Person erfolgt wäre. So aber war ich emotional gebunden, weil es mich betraf. Ich liebte diese Frau und hatte sie verloren, weil ich einem Freund helfen wollte. Ich fühlte mich jederzeit verpflichtet ihm zu helfen. Das hätte ich auch für Euch getan."

Der Anwalt beobachtete nicht nur die Männerrunde, sondern aus den Augenwinkeln heraus Judith. Sie, die ihm so eine klare Ansage auf dem Friedhof gemacht hatte, wusste vielleicht mehr, als er zu wissen glaubte. An Judith gerichtet sagte Carol: „Du hast mit deinem Ausbruch an Pierres Grab, die Erinnerungen auf brutale Weise zurückgerufen." Judith wischte sich die

Tränen aus den Augen. „Als Kinder war ich nicht eure Freundin. Ihr habt mich geduldet in eurer Männerrunde, wie ihr das nanntet. Ich war gerne dabei. Ich war glücklich mit euch spielen zu können. Die Himbeersträucher waren unser Schutz, unsere Burg, die wir hegten und pflegten. Wir sahen uns meistens nur in den Ferien. Ich freute mich auf die schulfreie Zeit und auf euch. Als wir uns später nicht mehr sahen, blieb mir hier in Bad Sachsa der Pierre. Er gab mir das Gefühl, in einer nicht mehr existierenden Gemeinschaft angekommen zu sein. Wenn er in Bad Sachsa war, rief er mich an. Wir fuhren zum Ravensberg, tranken unseren Kaffee oder fuhren Tretboot auf dem Schmelzteich. Seinen Vater kannte ich nicht. Er hatte einen Gebrauchtwagenladen hier im Ort. Pierre sprach nicht über ihn. Seine Mutter kannte ich, Julia Cardoso war eine liebenswerte Frau. Sie hatte uns oft zusammen gesehen. Einmal sagte sie: „Wenn ihr erwachsen seid, ihr gebt ein richtiges schönes Paar ab." Auch über seine Mutter sprach Pierre nicht viel. Als sie

Selbstmord verübte war die ganze Stadt schockiert. Niemand wusste genau, warum sie das getan hatte. Pierre verschwand wieder für Wochen und manchmal Monate. Ich wusste nicht, wo er war und was er so trieb. Verhaftungen, Gefängnis davon wusste ich nichts. Wenn er wieder auftauchte, war er freundlich und hilfsbereit. Der erste Anruf in Bad Sachsa galt immer mir. Im Erwachsenenalter verliebte ich mich in ihn. Das habe ich ihm nie gesagt. Er war zu sehr mit seinem Leben beschäftigt. Das Letzte was ich von ihm hörte, war eine Lobeshymne auf seinen guten Freund Dr. Peters. Er sprach auch von Niklas und Tobias. Die alte Verbundenheit war immer gegenwärtig. „Es ist gut, dass du uns alles erzählt hast. Ich kann jetzt ganz anders um Pierre trauern." Dr. Peters nickte eifrig und sagte: „Etwas habe ich vergessen zu erzählen, das will ich jetzt nachholen. „Kurz nach dem Tod von Barbara Sikowa haben entfernte Erben die Hütte zu Geld gemacht. Beim Ausräumen fiel ihnen einen Brief in die Hände, der an mich gerichtet war. Über Staatsanwalt Herold gelangte der Brief in meine Hände. Ich trage ihn bei mir.“

Er fingerte in seiner Jackentasche und zog einen gelblichen, schon vergilbten Brief hervor. „Ich lese ihn euch vor: Lieber Carol, lieber Freund. Ich habe nicht verstanden, wie man seine Existenz aufs Spiel setzen kann, um auf krumme Weise einem Freund zu helfen. Du hast ihm geholfen, denn er war wirklich unschuldig. Nach einem Telefonat mit Pierre habe ich ihn gebeten mich zu besuchen. Er sollte mir helfen, mit dir wieder ins Reine zu kommen. Pierre war böse auf mich, weil ich dich verlassen habe, was mir sehr leidtut. Graf von Roman wollte ich schützen, obwohl er dir nicht das Wasser reichen konnte. Er hat gewusst, dass ich dich immer noch liebte. Pierre hat dich geliebt und er hat mir schon früher gesagt, dass du ein wirklich guter Freund bist. Ich möchte dich wiedersehen und Pierre soll mir dabei helfen.“ Carol faltete den Brief und steckte ihn wieder in seine

Jackentasche. Danach nahm er den zuvor bestellten Schnaps zur Hand, hielt ihn hoch und sagte: „Pierre, Du wolltest uns von oben zuschauen. Hier sind wir und Du hast immer einen Platz in unserer Mitte. Zum Wohl". Er ließ das Glas kreisen und alle Anwesenden riefen im Chor. "Zum Wohl uns allen."

So Niklas, jetzt wollen wir hören, wie es Dir ergangen ist. Ich denke, wir alle sind sehr gespannt darauf.

Niklas

Die Sonne meinte es gut an diesem Samstag in Bad Sachsa. Es war die Zeit, in welcher der späte Frühling sich aufmachte, die Menschen mit dem Sommer zu erfreuen. Dabei zeigte die Kirchturmuhr erst 10:15 Uhr an.

Ich war gerade 64 Jahre alt geworden und war als Polizeioberrat a.D. bereits seit einem Jahr in Pension. Ich zog die Haustür hinter mir zu, schloss ab und aktivierte den Sicherheitscode der Alarmanlage. Ich bewohnte allein ein kleines Haus, nicht weit vom Kurpark in Bad Sachsa entfernt.

Wie jeden Donnerstag ging ich zum nicht weit entfernten Wochenmarkt. Normalerweise bin ich, obwohl schon seit einem Jahr in Pension, sehr früh unterwegs, aber dieser Donnerstag war nicht normal!

Tobias hatte angerufen, mein Freund aus weit entfernten Tagen. Seit 40 Jahren hatten wir beide keinen Kontakt mehr und jetzt schlug

Tobias ein Treffen am Samstag in Bad Sachsa vor. Die Telefonnummer von mir

hatte er von einem anderen Freund aus diesen Tagen, dem Anwalt Dr. Carol Peters. Dazu käme als Vierter auch noch Pierre. Doch der war leider schon verstorben, wie ich von Tobias erfuhr. Das hatte mich sehr getroffen!

Ich war von diesem Anruf wirklich total überrascht worden. Er selbst hatte die ganzen Jahre auch immer wieder an seine drei Freunde gedacht und daran, zu versuchen, mit ihnen Kontakt aufzunehmen. Doch es war bei den Gedanken geblieben und alle guten Vorsätze waren im Sande verlaufen.

So in Erinnerungen schwelgend, erreichte ich den Wochenmarkt. Am Stand eines Biohofes kaufte ich mir etwas Obst, Gemüse und dazu auch noch zehn Eier. Dann ging es weiter zum gelben Verkaufswagen des Metzgermeisters meines Vertrauens, bei dem ich etwas Wurst und Fleisch kaufte. Neben dem Wagen hatte der Metzger zwei runde

Tische aufgestellt, an dem seine Kunden die zum Verzehr angebotenen Heißwürstchen essen konnten. Dort standen gerade drei Rentner, die mir flüchtig bekannt waren.

Einer von ihnen gab einen Witz zum Besten. „Der kleine Tom geht in die Küche und umarmt seine Mutter. Sie genießt das und denkt mit Tränen in den Augen: *Ist das schön! Ich habe doch einen lieben Jungen!*" Tom geht zurück zu seinem Vater ins Wohnzimmer, der diese Szene von dort beobachtet hat. Dann meint der Junge ganz kleinlaut: „Papa, du hast die Wette gewonnen! Sie ist seit letztem Monat schon wieder dicker geworden!"

Das Lachen der drei war so laut, dass sich einige Besucher des Marktes verwundert nach ihnen umdrehten. Auch mir entlockte der Witz ein kräftiges Schmunzeln.

Ich bezahlte meinen Einkauf und machte mich auf den Heimweg. Zu Hause nahm ich die Sachen aus dem Einkaufskorb und räumte sie weg. Nur die Himbeeren kamen nicht in den Kühlschrank, denn dieses kleine Schälchen voll mit saftigen roten Früchten übte eine ganz besondere, fast magische, Wirkung auf mich aus.

Mit dem Schälchen in der Hand ging ich in den Garten und setzte mich auf meine Bank. Diese war durch Zufall auch in Rot gestrichen. Ich nahm eine Frucht, drehte sie vorsichtig zwischen den Fingern und schloss die Augen. Meine Gedanken wanderten mehr als vierzig Jahre zurück…

Tobias und ich wohnten in Bad Sachsa. Wir beide gingen zusammen mit Pierre auf eine Schule und in eine Klasse. Carol wohnte in Göttingen und verbrachte seine Ferien immer in Bad Sachsa bei der Oma. Ein Zufall brachte uns vier zusammen, ein Zufall mit dem Namen Himbeerstrauch.

Wir vier trafen uns eines Tages bei den vielen Himbeersträuchern. Diese waren so groß, dass wir Kinder uns darin verstecken konnten.

Von vorne bis hinten hingen die Sträucher voll mit herrlichen Früchten.

Von diesem Augenblick an, waren wir vier Jungen einfach unzertrennlich. Wir spielten, tobten herum und brachten auch so manchen Erwachsenen mit unseren Streichen immer öfter an den Rand der Verzweiflung. Wir schworen uns ewige Freundschaft, aber bereits im Alter von vierzehn Jahren verloren wir uns leider aus den Augen, vor allem weil Carol nicht mehr nach Bad Sachsa kam.

Tobias und ich blieben als gute Freunde zusammen. Pierre ging leider mehr und mehr seine eigenen Wege. Was das Schicksal für uns alle bereit hielt konnten wir nicht wissen, aber das war auch gut so!

„Abteilung Teeerab – aussitzen!" Die Stimme von Heinz Mahlmann war laut und deutlich in der Reithalle zu vernehmen. Er war nicht nur der Eigentümer des Reiterhofes, sondern auch noch Reitlehrer und der Vater von Tobias.

„Herr Schneider, ich hatte aussitzen gesagt und nicht Sackhüpfen verlangt. Anja, Deine Hacken schaukeln so hoch hin und her, als wolltest Du Dir damit in der Nase bohren!"

In der Reithalle herrschte schon ein etwas rauer Ton, aber das war normal. „Anfang rechts um, kehrt – Marsch!" Der Reitlehrer beobachtete mit kritischen Augen die acht Reiterinnen und Reiter bei der Ausführung des befohlenen Manövers. Es klappte aber alles wie am Schnürchen.

„Scheeeritt!" kurze Pause, „Anfang links schwenkt, rechts marschiert auf – Marsch!" Die ganze Abteilung blieb aufgereiht in der Mitte der Reithalle stehen – bis auf einen. „Mensch Meier, ausrichten! Ihr Pferd ist ja schon genauso am Schlafen wie Sie!"

Nach diesen freundlichen Worten kam das letzte Kommando: „Absitzen, Pferde in den

Stall und versorgen." Diese ganze Szene wurde aufmerksam von zwei jungen Männern beobachtet. Tobias hatte mich an diesem Tag in die elterliche Reithalle eingeladen, damit ich einmal einen intensiven Eindruck von dem Reitunterricht auf seinem elterlichen Hof bekam.

Ich war jetzt zweiundzwanzig Jahre alt und machte eine Ausbildung zum Polizisten. Mit Erreichen des neunzehnten Lebensjahres, begann für mich die Grundausbildung in der Polizeischule. Ich trat damit in die Fußstapfen meines Vaters, der auch Polizist war. Wir beide hatten ein besonderes Vertrauensverhältnis, nachdem meine Mutter vor sechs Jahren an Krebs verstorben war. Nun musste ich als junger Mann auch noch einen weiteren schweren Schicksalsschlag verkraften. Vor sechs Monaten kam mein Vater bei einem Polizeieinsatz ums Leben.

Tobias hatte als angehender Pferdewirt und Freund von mir die wohl rettende Idee. Da es in Göttingen eine Reiterstaffel der Polizei gab, sollte ich mich als angehender Polizist mehr mit Pferden und dem Reiten beschäftigen, um dann eventuell in die Staffel einzutreten.

„Na, was meinst Du? Wäre das etwas für Dich? Du bekommst auch kostenlose Reitstunden." Ich wiegte meinen Kopf nachdenklich hin und her.

„Ich muss mir das noch überlegen. Hat Dein Vater eigentlich schon viele Anzeigen bekommen, weil er die Leute so anschreit und beleidigt?"

Tobias musste lachen. „Nein, noch nie! Hier herrscht ein rauer Ton während des Reitunterrichts. Hinterher ist alles wieder normal, aber das weiß eigentlich jeder, der sich dazu entschließt reiten zu lernen.

Aber mein Vater ist im Vergleich zu meinem Bruder wirklich harmlos. Den musst Du hören, wenn er mit der Leistung des Reiters oder der Reiterin nicht zufrieden ist!"

Tobias hatte einen sieben Jahre älteren Bruder. Der hieß Patrick und würde eines Tages den Reiterhof übernehmen.

„Kann mir von euch jemand sagen, wo ich mich anmelden muss, wenn ich reiten lernen möchte?" wurden die beiden plötzlich von hinten angesprochen. Es war eine weibliche Stimme, die sehr schüchtern klang.

Tobias und ich drehten uns um und nahmen die Fragestellerin in Augenschein. Was wir sahen verschlug uns erst einmal die Sprache. Vor uns beiden stand eine junge Frau, so hübsch, dass sie wahrscheinlich jeden Schönheitswettbewerb gewonnen hätte! Sie war etwa 19 oder 20 Jahre alt und ungefähr 170 cm groß. Das Mädchen, die junge Frau, sah uns beide mit ihren großen hellblauen Augen lächelnd an.

Das Gesicht wurde eingerahmt von mehr als schulterlangen leicht rötlichen Haaren. Ein weißes T-Shirt und eine schwarze Jeans, die beide hauteng saßen, betonten eine Figur, die von Tobias und mir in Gedanken schon jetzt als atemberaubend bezeichnet wurde!

Die junge Frau strich sich eine Haarsträhne aus dem Gesicht. Dieses Gesicht war nur ganz dezent geschminkt, wodurch die wenigen und kleinen Sommersprossen noch betont wurden.

Das Mädchen war sich ihrer Wirkung auf die Männerwelt scheinbar sehr wohl bewusst und liess sich die Musterung durch uns beide lächelnd gefallen.

„Nun, kann mir einer von euch weiterhelfen oder muss ich mir jemand anderes suchen, der meine Frage beantworten kann?"

Diese Frage war zwar an beide gerichtet, aber ihr Blick ruhte dabei gefühlt nur auf mir. Ich musste mich mehrmals kräftig räuspern und brachte trotzdem kein Wort heraus. Mein Freund Tobias fand die Sprache sofort wieder.

„Natürlich kann ich Dir zeigen, wo Du Dich melden musst. Ich bin Tobias, mein Vater und mein Bruder sind die beiden Reitlehrer hier. Komm mit, wir gehen ins Büro. Dort liegen die Anmeldeformulare und auch der Hallenplan mit den möglichen Belegungen."

Tobias hatte wohl versehentlich vergessen mich auch vorzustellen. Wir drei machten uns auf den kurzen Weg zum Büro. Tobias ging an der rechten Seite der jungen Frau, die sich übrigens immer noch nicht vorgestellt hatte, und ich hinter den beiden. Dabei war mein Mund immer noch so trocken, dass ich nur noch Durst hatte. Ein Wort herauszubringen war mir immer noch unmöglich, aber ich ließ keinen Blick von dem Mädchen.

Beim Erreichen des Büros war Tobias ein ganzer Gentleman, scheinbar. Er öffnete die Bürotür, stellte sich in den Eingang und ließ die junge Frau an sich vorbei. Das ging natürlich nicht ohne Berührung! An dem verträumten Blick von Tobias konnte ich erkennen, dass dies meinem Freund nicht unangenehm war!

Nach einem Blick auf den Belegungsplan der Halle meinte Tobias: „Übermorgen wäre noch ein Platz um 17:00 Uhr bei meinem Vater frei. Das ist dann eine Schnupperstunde die für Dich kostenlos ist. Danach kannst Du Dich entscheiden, ob Du weiteren Unterricht nehmen willst. Hier in dieser Liste musst Du nur unterschreiben."

Das Mädchen überlegte kurz. „Ja, das geht. Normalerweise bin ich bis 18:00 Uhr im Geschäft, aber ich bin Übermorgen in der Berufsschule. Die geht bis 15:30 Uhr. Danach muss ich noch ins Geschäft und etwas abholen. Auch wenn ich mit dem Fahrrad unterwegs bin, werde ich um 16:00 Uhr zu Hause sein und so bleibt mir genug Zeit, um hierher zu kommen."

Sie beugte sich über den Tisch und trug ihren Namen in die Liste ein. **Melody Berger** stand dort zu lesen. Dieser Name und die dazu gehörige Person würde im Leben von uns drei eine entscheidende Rolle spielen, was natürlich keiner von uns wissen konnte!

„Gut, dann sehen wir uns übermorgen!"
meinte Tobias freudestrahlend. „Alles klar, bis
dann," meinte Melody und verließ freundlich
lächelnd das Büro.

Wir zwei Freunde sahen ihr hinterher, solange
es ging. „Was ist jetzt mit Dir? Hast Du auch
Lust auf eine Schnupperstunde?" wollte
Tobias von mir wissen.

„Ich bin mir bis jetzt nicht sicher und überlege
noch. Gib mir ein paar Tage Zeit. Ich melde
mich dann." Wir zwei verabschiedeten uns
voneinander. Wobei ich ehrlicherweise
dachte, dass mein Reitunterricht nur
stattfinden würde, wenn auch gleichzeitig
Melody anwesend war.

Ich fuhr mit meinem alten Käfer nach Hause.
Dort wohnte ich nach dem Tod meines
Vaters alleine in dem kleinen Haus, das schon
seit vielen Jahren in dem Besitz meiner viel zu
früh verstorbenen Eltern war. Ich war ja noch
ein junger Mann und arbeitete bei der Polizei
in drei Schichten und war momentan sehr

froh darüber, weil mein Vater erst vor sieben Monaten als Polizist im Dienst verstorben war. Durch den Schichtdienst fiel mir dann zu Hause nicht so schnell die Decke auf den Kopf.

Doch an diesem Tag war alles anders. Kaum hatte ich die Haustür hinter mir zugemacht, war von der sonstigen Einsamkeit nichts mehr zu spüren. Ich dachte auch nicht an meine Eltern. In meinem Kopf gab es nur noch eine Person, Melody! Ich konnte das nicht einordnen und wusste nicht was mit mir geschah. Nie würde ich diesen Tag vergessen, nie diese Nacht in der ich buchstäblich kein Auge zugemacht hatte!

Im Bett wälzte ich mich von einer Seite auf die andere und sogar mit geschlossenen Augen sah ich sofort wieder Melodys Gesicht zum Greifen nahe vor mir. Stand ich auf und ging in der Wohnung umher, dann hörte ich ihre Stimme. Amor hatte seinen Pfeil abgeschossen und mitten ins Herz getroffen! Noch nie hatte ich in irgendeiner Form

Kontakt zum oder mit dem anderen Geschlecht gehabt, aber nun war ich zum ersten Mal in meinem Leben verliebt!

Am nächsten Morgen musste ich meinen Dienst in der Frühschicht antreten. Jeder Schritt fiel mir schwer, was auch kein Wunder war, denn ich hatte wirklich nicht eine Minute geschlafen.

Doch hatte sich zumindest ein Plan in meinem Kopf festgesetzt. Ich wollte mir meinen Beruf als angehender Polizist zu Nutze machen und herausfinden, wo Melody wohnte und arbeitete. Ich wusste von ihr ja nur den Namen und das sie zur Berufsschule ging, sonst nichts. Das wollte, nein, musste ich dringend ändern! Doch das würde auch bedeuten, gegen einige Regeln zu verstoßen!

Es war genau 5:45 Uhr als ich den Umkleideraum auf dem Polizeirevier betrat. Die anwesenden Kollegen merkten sofort, dass mit mir etwas nicht stimmte.

„Oh Mann, was ist denn mit Dir los? Hast Du nicht geschlafen?" wollte mein Partner Dieter wissen. Mit ihm bildete ich eine der Streifenwagenbesatzungen.

„Ich habe die ganze Nacht nicht eine Minute geschlafen", gab ich gähnend zur Antwort.

„Wow, die ganze Nacht? Das muss ja eine heiße Braut gewesen sein. Kann ich ihre Telefonnummer haben?" wollte Kollege Lars wissen.

„Was heißt hier eine Braut? So wie der aussieht, waren es zwei oder drei Bräute!" frotzelte Mark, ein weiterer Kollege. Wie heißt es doch so schön: „Wer den Schaden hat, braucht für den Spott nicht zu sorgen." Ich drehte mich um und drohte den „lieben" Kollegen mit der Faust. Die zwei lachten nur und verschwanden aus dem Umkleideraum. Ich war ihnen aber nicht ernsthaft böse.

Die beiden Spaßvögeln waren im ganzen Revier wegen ihres ausgeprägten Humors bekannt. „Gibt es da etwas, was ich wissen sollte? Ich muss mich bei einem Einsatz auf Dich verlassen können!", wollte Dieter wissen.

„Es ist alles in Ordnung", beruhigte ich meinen Partner. „Ich habe wirklich nicht geschlafen, aber das kommt nicht wieder vor. Du kannst Dich wie immer auf mich verlassen!"

Den wahren Grund verriet ich nicht und andererseits durfte mir bei einem Einsatz auch kein Fehler unterlaufen. In einem Monat stand meine Prüfung zum Polizisten an, jetzt war ich nur Polizeianwärter. Bei dieser Prüfung spielte natürlich auch die Beurteilung durch meine Vorgesetzten eine Rolle.

Dieter sah mich prüfend an und boxte mir dann leicht in die Rippen. „Na dann komm Kollege. Lass uns die Welt vor den bösen Buben beschützen!" Gut gelaunt verließen wir beiden den Umkleideraum.

Auch wenn ich am liebsten im Außendienst arbeitete, konnte es an diesem Tag kaum besser für mich laufen, da als Erstes Innendienst auf dem Plan stand. Erst vor einigen Monaten waren die Computer der Polizei so aufgerüstet worden, dass auch diese Behörde Zugriff auf sämtliche Daten des Einwohnermeldeamtes hatten.

Darum war es für mich auch ein leichtes in einem unbeobachteten Moment den Namen Melody Berger einzugeben. Was der Computer dann ausspuckte überraschte mich dann doch.

Sie wohnte in der Steinstraße 14 bei ihren Großeltern Alfred und Marlis Berger. Melody war zwanzig Jahre alt und lebte seit fünf Jahren bei ihren Großeltern, weil ihre Eltern damals bei einem Autounfall ums Leben kamen. Sie hatte keine weiteren Verwandten.

Ich konnte nicht anders und wollte Melody unbedingt schon heute wiedersehen. Nun wusste ich zwar, wo sie wohnte, aber da einfach aufzutauchen erschien mir viel zu aufdringlich.

Melody hatte erwähnt, dass sie bis 18:00 Uhr im Geschäft arbeiten muss, aber nicht in welchem. Ich war in Bad Sachsa aufgewachsen und wusste, dass es in der Stadt nur eine Berufsschule gab. Theoretisch brauchte ich nur zur Schule fahren und dort im Büro nachfragen wo Melody arbeitete. Doch auch das widerstrebte mir sehr. Wenn es sich herumsprach, dass sich die Polizei nach ihr erkundigt hatte, konnte das unangenehmen Gesprächsstoff liefern.

Ich bekam ein schlechtes Gewissen, denn gerade meinen Beruf für private Interessen zu missbrauchen, war nicht die feine englische Art. Wenn das rauskam, konnte ich meine Prüfung in einem Monat vergessen.

Ich schloss nun ganz schnell das Programm im Computer, damit nicht doch noch jemand auf mich aufmerksam wurde. Mein Beruf bedeutete mir normalerweise alles, aber kaum hatte ich dieses Mädchen getroffen…

Ich kannte mich selbst nicht wieder! Doch war ich bereit fast alles zu tun, um Melody heute wiederzusehen. Wer konnte wissen was morgen war? Nun musste ich nur noch meinen Partner Dieter überreden, mit mir gleich auf der letzten Runde dieser Schicht, zur Berufsschule zu fahren. Dort wollte ich im Büro nachfragen welche Klasse morgen bis 15:30 Uhr Unterricht hatte. Mit etwas Glück war es nur eine.

Als wir beide dann zu unserer letzten Runde aufbrachen, sprach ich meinen Partner sofort an, als wir im Auto saßen.

„Dieter, können wir einen kleinen Umweg machen und mal so nebenbei zur Berufsschule fahren? Ich möchte da im Büro nur mal eben was fragen", das klang ganz harmlos und unschuldig.

Dieter sah mich prüfend von der Seite an. „Aha, da gibt es also schon einen besonderen Grund für Deine Schlaflosigkeit!" Mein Kopf begann meine Verlegenheit in verschiedenen roten Farben zu reflektieren.

Dieter musste lachen und meinte: „Dann will ich mal dem Glück nicht im Wege stehen! Wir fahren da als erstes hin, damit Du diese Nacht wieder schläfst!"

Ich sackte noch etwas tiefer in meinem Sitz zusammen und gab lieber keine Antwort. Als wir an der Schule ankamen, verließ ich fast

fluchtartig den Streifenwagen und eilte in das Gebäude. Nach nicht einmal zehn Minuten kam ich wieder freudestrahlend heraus und setzte mich mit den Worten ins Auto: „Das war es. Fall gelöst! Wir können fahren."

Mein Partner öffnete den Mund, um einen entsprechenden Kommentar loszulassen, aber er traute sich wohl nicht, nachdem er einen Blick in mein Gesicht geworfen hatte. Später erzählte er mir, dass ich einen verträumten Blick hatte und regelrecht abwesend schien.

Für mich war die Welt vorerst wieder in Ordnung. Im Büro der Schule war es viel besser gelaufen als gedacht. Ich hatte nicht nur erfahren in welche Klasse Melody ging, sondern auch welchen Beruf sie erlernt hatte. Die Frau im Büro war sehr redselig geworden, als sie einen attraktiven jungen Mann in Uniform vor sich stehen sah. Ich brauchte nur einmal nach Melody zu fragen und die Sekretärin erzählte sofort was sie wusste.

Als wir beide später wieder die Wache betraten und kurz vor Schichtende das Ereignisprotokoll ausfüllten, schrieb Dieter, nach einem kurzen Zögern, aber dann doch mit einem wissenden Schmunzeln, als der Ranghöhere in den Bericht hinein: „Keine besondere Vorkommnisse!"

Nachdem ich mich schnell geduscht und umgezogen hatte, setzte ich mich beschwingt und mit einem einigermaßen klaren Kopf in meinen alten Käfer und fuhr in die Stadt. Ich stellte den Wagen auf einen Parkplatz ab und ging die letzten Schritte zu Fuß. Melody arbeitete nämlich in der Apotheke am Markt und hatte dort die anspruchsvolle Ausbildung zur PTA gemacht. Zur Berufsschule ging sie nur, weil ihr dort ein Computerlehrgang angeboten worden war. Diese spielten auch im Alltag der Apotheken eine immer größer werdende Rolle.

Ich hatte mir einen Plan zurechtgelegt. Doch je näher ich der Apotheke kam, umso langsamer wurden meine Schritte. Ich war kein Feigling und kannte keine Angst, aber das hier war etwas ganz anderes. Meine Unerfahrenheit stellte mich vor riesige Probleme.

Beim Erreichen der Apotheke, blieb ich vor dem Schaufenster stehen und schämte mich fast dafür, das Treiben in der Apotheke heimlich zu verfolgen. Ich wollte doch verständlicher Weise einen Augenblick erwischen, in dem Melody alleine war.

Ich musste knapp zehn Minuten warten, bevor mein Moment gekommen war. Der letzte Kunde, eine ältere Frau, hatte die Apotheke gerade verlassen und Melody stand alleine hinter dem Tresen. Ich nutzte die Gunst der Stunde und stürmte regelrecht in den Verkaufsraum.

Als ich vor dem Tresen stand, ging das alte Dilemma wieder los, ich bekam kein Wort heraus, sondern starrte die junge Frau nur an. Melody bekam einen roten Kopf, erwiderte aber meinen Blick und keiner sprach ein Wort, bis sie die Initiative ergriff.

„Hallo, so schnell sieht man sich wieder! Was kann ich für Dich tun?" fragte Melody. Ich erwachte aus meiner Starre, musste mich aber mehrmals räuspern, bevor meine Stimme wieder da war. „Ich habe die ganze letzte Nacht nicht geschlafen. Hast Du etwas, das mir heute beim Einschlafen helfen kann? Es kann ruhig etwas Starkes sein."

Melody sah ihn lächelnd an. „Natürlich kann ich Dir was geben, aber ich habe das Gefühl, dass Du in Gedanken etwas ganz anderes sagen wolltest!"

„Ja, aber ich habe Angst sie auszusprechen, weil diese Gedanken für mich mehr als ungewöhnlich sind!" Ich fühlte mich wie ein kleiner Schuljunge, der sich das erste Mal verliebt hatte, was ja auch so war!

„Ich glaube, wir sollten beide unsere Gedanken in Ordnung bringen und so bald wie möglich über das sprechen, was uns bewegt!"

Bei diesen Worten beugte sich Melody etwas über den Tresen und sah mir dabei ständig in die Augen. Ich war überrascht, dass sie schon wieder von sich aus der Initiative ergriff und Dinge aussprach, um die auch meine Gedanken kreisten.

„Damit Du zur Ruhe kommst, gebe ich Dir Baldrian. Das hilft gut und ist auf pflanzlicher Basis." Melody drehte sich um, griff hinter sich ins Regal und nahm von dort ein kleines Fläschchen. Sie stellte es auf den Tresen. Bevor sie ihre Hand ganz wegziehen konnte, griff ich nach dem Baldrian und erwischte durch „Zufall" Melodys Hand. Die zuckte zusammen, zog aber ihre Hand nicht weg.

Wenn man die Redewendung „es knistert zwischen den beiden" bemühen wollte, dann sollte man es hier bei uns zwei tun. Melody und ich waren füreinander bestimmt, das war uns beiden in diesem Moment klar geworden!

„Du solltest dieses Fläschchen Baldrian wirklich mitnehmen, nur für den Fall, dass Du heute Nacht wieder nicht schlafen kannst", flüsterte Melody fast.

„Da hast Du recht", antwortete ich und ließ sie dabei nicht aus den Augen. Ich zückte mein Portemonnaie und bezahlte den auf der Verpackung ablesbaren Preis: 3,25 DM.

Ich musste wirklich meinen ganzen Mut zusammennehmen, um zu fragen: „Ich würde Dich sehr gerne wiedersehen, also außerhalb der Apotheke, privat, also nur wenn Du nichts dagegen hast, natürlich." Ich bekam schon wieder einen roten Kopf, weil mir selbst sofort klar war, was ich da für einen Blödsinn zusammen geredet hatte.

Melody schien nicht überrascht und sah mich lächelnd an. „Ich habe gehofft, dass Du mich fragen würdest und habe absolut nichts dagegen, wenn wir uns privat treffen, aber heute geht es nicht. Wir können uns doch morgen auf dem Reiterhof sehen. Dann habe ich auch nach der Schnupperstunde noch Zeit für Dich."

„Das wird leider nicht gehen! Ich habe ab Morgen Spätschicht und erst wieder Sonntag frei." „Du arbeitest Schicht? Was machst Du denn beruflich?"

„Ich bin Polizist, das heißt noch in der Ausbildung. Ich habe aber in vier Wochen meine hoffentlich positiv verlaufende abschließende Laufbahnprüfung!"

„Polizist? Das ist aber ein toller Beruf! Wenn Du erst Sonntag wieder frei hast, was hältst Du davon, wenn Du mich direkt nach dem Mittagessen um 13:00 Uhr abholst? Ich liebe zum Beispiel die Kranich Seen und die Priestersteinhöhle. Wenn Du etwas anderes unternehmen möchtest, dann sag es. Ich will nicht einfach über Dich bestimmen und bin für jede Schandtat zu haben!"

Beim letzten Satz zwinkerte Melody mir lächelnd zu und verwirrte mich noch mehr.

„Das hört sich super an und ich werde pünktlich da sein!" Ich war total begeistert und erleichtert. Das war bestimmt auch ganz deutlich an meiner Stimme zu hören.

„Meinen Namen solltest Du mittlerweile kennen, da Du mein Namensschild ausgiebig studiert hast. Wo ich wohne, sage ich nicht, aber für Dich als Polizist sollte es doch kein Problem sein, das herauszufinden."

Melody sollte nie erfahren, warum ich schon wieder einen roten Kopf bekam und mich mehrfach heftig räusperte. Das lag nicht nur an meiner heimlichen Polizeiarbeit, sondern auch der Hinweis auf das Namensschild. Das war nämlich direkt neben dem sehr großzügigen Dekolleté angebracht!

Ich würgte ein mühsames: „Dann bis Sonntag", heraus und verließ die Apotheke so schnell, dass ich sogar das Fläschchen mit den Baldriantropfen vergaß.

Melody starrte mir mit offenem Mund hinterher, schüttelte den Kopf und lachte dann leise vor sich hin. Das Fläschchen steckte sie ein, um es mir am Sonntag zu geben.

Ich lief fast zu meinem Käfer, setzte mich hinein und trommelte mit den Fäusten auf das Lenkrad ein und hörte erst auf als es richtig schmerzte. Ich nannte mich einen Idioten, weil sich bestimmt kaum jemand blöder anstellen konnte als meine Wenigkeit.

Aber gleichzeitig fühlte ich mich großartig, weil tief in mir etwas sagte: „*Melody fühlt genauso wie Du!*" Heute war Montag und für mich schien die schönste Woche meines Lebens zu beginnen!

Die Zeit verging für mich viel zu langsam. Ich meldete mich auch nicht bei meinem Freund Tobias. Erst am Donnerstagmorgen rief ich auf dem Reiterhof an, um mich bei meinem Freund nach Melody zu erkundigen.

„Hallo Tobi, wie geht's? Alles klar bei Dir?"

„Logisch, und bei Dir auch alles klar? Viele böse Buben hinter Gitter gebracht?" Ich musste lachen.

„Ganz so schlimm ist es hier in Bad Sachsa auch wieder nicht. Ich bin nur neugierig und möchte wissen wie die Schnupperstunde bei Melody angekommen ist und ob ihr jetzt vielleicht sogar ein neues Mitglied bei euch im Reitverein habt. Das wäre doch bestimmt ein guter Zuwachs für den Verein."

„Das wird wohl nichts", in der Stimme von Tobias schwang Enttäuschung mit. „Melody ist zwar zum Reiten gekommen, aber das war dann auch alles. Weiteres Interesse daran hat sie nicht. Sie schien auch in Gedanken nicht bei der Sache zu sein, so als würde sie etwas anderes beschäftigen."

„Das ist natürlich schade, aber da kann man wohl nichts machen", meinte ich und verschwieg dabei absichtlich, dass Melody mit mir am Sonntag verabredet war. „Wir sehen uns dann nächste Woche. Ich melde mich, wenn ich Zeit habe. Du weißt, dass lernen für meine Prüfung angesagt ist!"

„Alles klar, dann weiß ich ja Bescheid", antwortete Tobias und beendete damit das Gespräch.

An diesem Wochenende lernte ich zum ersten Mal die gefährliche Seite meines Berufes kennen. Kurz vor Schichtende an diesem Samstagabend wurde ich mit meinem Kollegen Dieter von der Zentrale zu einer Ruhestörung in die Ringstraße geschickt. Als wir beide unser Ziel erreichten und aus dem Auto stiegen, hörten wir schon laute Musik und Gelächter aus der unteren Wohnung des dreistöckigen Wohnhauses.

Dieter klingelte mehrere Male, bis die Tür geöffnet wurde. Ein Mann mit einem Glas Bier in der Hand stand vor uns beiden. Bevor Dieter etwas sagen konnte, kniff der Typ die Augen zusammen, drehte sich um und rief nach hinten: „He Jungs, kommt doch mal her. Hier stehen zwei Bullen vor der Tür!"

Danach eskalierte die Lage, ohne dass Dieter und ich bis jetzt dazugekommen wären auch nur ein Wort zu sagen. Es kamen nämlich zwei Männer von hinten angelaufen und griffen uns beide sofort an!

Während die beiden Männer auf Dieter eindrangen, schüttete der Erste mir das Bier ins Gesicht, schlug sein leeres Glas leicht gegen den Türrahmen sodass einige Splitter abbrachen und ging mit dem kaputten Glas auf mich los!

Wir beide konnten auf dieser kurzen Distanz natürlich unsere Schusswaffen nicht einsetzen, wir mussten uns so gut es ging gegen die Angreifer verteidigen. Darin waren wir ausgebildet und uns kam in diesem Moment Zugute, dass sich die drei Männer auch gegenseitig behinderten und viel Alkohol konsumiert hatten. Trotzdem konnte ich aber leider nicht verhindern, dass ich von dem gesplitterten Glas auf dem linken Handrücken und Unterarm verletzt wurde. Letztendlich konnten wir beide alle drei Angreifer relativ schnell überwältigen und erst im Nachhinein Verstärkung und einen Notarzt anfordern. Dieter als der Erfahrenere von uns beiden, hatte nur ein paar Schrammen und blaue Flecken abbekommen. Ich hatte meinen

Angreifer trotz der stark blutenden, aber nicht lebensgefährlichen Wunden, mit einigen gekonnten Judogriffen überwältigt.

Nachdem gleich drei Streifenwagen als Verstärkung eingetroffen waren und die Kollegen sich um die drei überwältigten Trunkenbolde kümmerten, verließ ich auch das Haus, um mich vom Sanitäter versorgen zu lassen. Dabei erlebte ich eine Überraschung.

„Niklas, Niklas, was ist geschehen? Wie geht es Dir?" Es war Melody, die laut und besorgt fragte und versuchte durch die Absperrung der Polizei zu gelangen. Das ließen die Beamten an der Absperrung aber nicht zu. Ich konnte gar nicht glauben, dass Melody hier war. Für sie ließ ich den Sanitäter einfach stehen und ging zur Absperrung. Das mein linker Arm dabei immer noch stark blutete, war mir egal.

„Melody, was machst Du denn hier?" „Ich habe bei diesem schönen Wetter noch einen Spaziergang gemacht, ich wohne ja nicht weit von hier. Aber das ist jetzt egal! Du blutest und musst zum Arzt! Wenn Du morgen nicht kommen kannst, ist das nicht schlimm!"

„Nichts und niemand wird mich davon abhalten! Ich werde pünktlich da sein! Mach Dir keine Sorgen Melody, bis Morgen!" Mit diesen Worten drehte ich mich um und ging dem Sanitäter und meinem Partner Dieter entgegen, die mich schon ziemlich ungehalten erwarteten.

Melody blieb noch stehen und wartete bis ein Krankenwagen mit Niklas losfuhr, um ihn zum Krankenhaus zu bringen. Dann drehte sie sich um und ging mit Herzklopfen nach Hause.

Dort angekommen erzählte Melody ihren Großeltern was sie gerade erlebt hatte. Für mich wurde es eine lange Nacht. Erst das Krankenhaus, damit meine Verletzungen versorgt werden konnten. Leider musste die Schnittwunde am Unterarm genäht werden. Danach kam die Zeit auf der Wache, wo alles genaustens berichtet und protokolliert werden musste. Alle waren froh, dass dieser Abend für uns so glimpflich ausgegangen war.

Zur vereinbarten Zeit stand ich auf die Minute pünktlich am nächsten Sonntagmittag in einer Parkbucht direkt neben der Einfahrt zu dem Haus, in dem Melody mit ihren Großeltern Alfred und Marlis wohnte. Die drei lebten in der ersten Etage eines Zweifamilienhauses.

Ich stieg aus meinem Käfer und ging langsam den Weg zur Haustür hinauf. Zu meiner schwarzen Jeans trug ich nur ein hellblaues Hemd. Es war schließlich sehr warm. Der weiße Verband, der die Wunden an meiner linken Hand und dem Unterarm eng umschlang, konnte davon aber nicht komplett verdeckt werden.

Die Tür ging auf und Melody kam heraus. Sie hatte natürlich auf mich gewartet. Die junge Frau sah hinreißend aus! Sie trug ein leichtes, hellblaues Sommerkleid, das hervorragend mit ihren blauen Augen und den rötlichen Haaren harmonierte. Das sehr kurze Kleid betonte ihre schlanken und makellosen Beine. Der tiefe Ausschnitt zeigte mehr als er verbarg! Mir armen Kerl blieben bei diesem Anblick die Worte im Hals stecken, zumal ein Blick nach oben mir gezeigt hatte, dass hinter den Gardinen eines Fensters zwei Personen standen, die mich genau beobachteten!

„Hallo Niklas! Wie geht es Dir? Hast Du noch starke Schmerzen?" Bei diesen Worten trat Melody ganz nah an mich heran, legte ihre Hand auf meinen verbundenen Unterarm und gab mir einen Kuss auf die Wange.

Ich stand da wie vom Blitz getroffen und mein Herz begann zu rasen. Das was hier gerade geschah, war wirklich etwas ganz Neues für mich. Ich war ein durchtrainierter junger Mann, hatte Selbstverteidigung und Schießen gelernt. Doch was Frauen betraf war ich wie ein schüchterner kleiner Schuljunge. Völlig unerfahren und jederzeit erwartend, dass etwas Unangenehmes passiert! Ich hatte noch nie eine Freundin und nicht einmal ein Mädchen geküsst! Kurz gesagt, ich war ein absolut unerfahrener Mann in Sachen Liebe und Beziehung.

„Mir, mir geht es gut und Schmerzen habe ich kaum noch", stotterte ich dann auch verlegen. Dabei saugten sich meine Blicke an Melody fest. „Es freut mich sehr, dass es meinem

Helden wieder besser geht! Dann können wir doch fahren, oder nicht? "Ja, natürlich", erwiderte ich.

Ganz wie ein Gentleman begleitete ich Melody zum Auto, öffnete für sie die Beifahrertür und schloss diese, als sie eingestiegen war.

Die Fahrt zu den Kranichseen dauerte knapp zwanzig Minuten. Für mich waren es gefühlt genauso viele Stunden. Ich bekam die ganze Fahrt kaum ein Wort heraus. Melody ahnte was in mir vorging und lächelte nur still vor sich hin. Als wir auf dem Parkplatz bei den Seen das Auto abstellten und ausstiegen, übernahm Melody die Initiative.

Sie nahm meine rechte Hand, legte sie in ihre linke und meinte dann: „Jetzt lass uns in aller Ruhe um die Seen spazieren und Du erzählst mir von Dir. Ich möchte alles von Dir wissen! Dein Alter, warum du Polizist werden willst, wo Du wohnst, wer deine Freunde sind usw. Danach bin ich dran."

Melody versuchte es mir so einfach wie nur möglich zu machen und das gelang auch. Ich begann zu erzählen. Erst sehr zögerlich, aber dann ohne große Hemmungen. Melody ließ mich reden, ohne auch nur einmal zu unterbrechen. Sie hielt Wort und erzählte dann auch von sich. So kamen wir beide dann Hand in Hand bei der Priestersteinhöhle an. Der Eingang war zwar breit, aber sehr flach. Wenn man hineinwollte, musste man sich schon auf die Knie begeben. Doch auch das sollte man unterlassen, denn die Höhle stand unter Naturschutz und betreten war verboten.

Melody wandte sich jetzt direkt an mich. „Es ist noch nicht lange her, da bin ich mit meinen Freundinnen in der Höhle gewesen, obwohl es verboten ist. Musst Du mich jetzt verhaften?" Sie sah mir dabei tief in die Augen.

Ich schüttelte den Kopf und meinte lächelnd: „Ich denke, da kann ich noch mal ein Auge zudrücken!"

„Dann muss ich mich ja bei Dir bedanken", antwortete Melody lächelnd, nahm meinen

Kopf in beide Hände, zog ihn zu sich hinunter und küsste mich ganz zärtlich. Ich war davon so überrascht, dass es einen Augenblick dauerte, bis ich in der Lage war, den Kuss zu erwidern. Für mich ging damit ein Traum in Erfüllung!

War ich am Anfang noch zurückhaltend, konnte ich dann von Melodys Küssen nicht genug bekommen, bis sie mich etwas auf Abstand zurückdrängte und lachend meinte: „Halt, halt, mach mal eine Pause! Du darfst mich küssen so oft Du willst, aber ich brauche auch Luft zum Atmen."

Ich machte einen Schritt rückwärts und sah Melody entsetzt an. „Entschuldige bitte! Ich, ich wollte nicht, ich konnte, ich wusste nicht…" stammelte ich mit hochrotem Kopf und hatte keine Ahnung was falsch gewesen war.

Melody trat ganz erstaunt auf mich zu, nahm mich zärtlich in die Arme und flüsterte mir ins Ohr: „Was ist los? Was hast Du? Sprich mit mir, bitte!"

Es dauerte eine gefühlte Ewigkeit bis mir die richtigen Worte über die Lippen kamen: „Ich schäme mich das zu sagen, aber ich habe Angst!"

Melody sah mich ungläubig an: „Du und Angst? Das kann ich kaum glauben! Wovor oder vor wem?"

Ich musste tief Luft holen, bevor es mir gelang zu reden. „Vor uns, vor Dir, vor unserer Beziehung – vor Liebe! Ich habe noch nie ein Mädchen geküsst oder gar eine intimere Beziehung gehabt! Ich bin total unerfahren und habe Angst alles falsch zu machen! Es ist einfach lächerlich! Verstehst Du das?"

Melody sah mich jetzt an, als wäre ich von einem anderen Stern und wusste wohl instinktiv, dass sie jetzt nichts Falsches sagen durfte. Nach lachen war ihr glücklicherweise sowieso nicht zumute. Stattdessen gab sie mir noch einen Kuss und sagte:

„Das ist doch nicht schlimm! Ich sage Dir jetzt etwas, was ich auch noch keinem Jungen gesagt habe, obwohl ich in den letzten Jahren schon Beziehungen hatte. Seit wir uns das erste Mal gesehen haben, bist Du mir nicht aus dem Kopf gegangen. Ich musste immer an Dich denken und habe auch nachts wenig geschlafen, weil ich ständig Dein Gesicht vor Augen hatte. Wenn Du genauso fühlst wie ich, dann ist Deine Unerfahrenheit kein Grund Angst zu haben, denn alles andere ergibt sich von allein!"

„Ob ich genauso fühle wie Du? Ich glaube, das spürst Du ganz genau! Alles was Du eben gesagt hast trifft auch auf mich zu! Ich habe mich unsterblich in Dich verliebt!"

Melody sah mich verliebt mit strahlenden Augen an und sagte nichts. Worte waren zwischen uns beiden auch nicht mehr nötig. Arm in Arm gingen wir noch einmal langsam um die beiden Seen herum. Immer wieder innehaltend und Zärtlichkeiten austauschend. Später fuhren wir zurück in die Stadt und aßen in der Eisdiele beim Italiener einen sogenannten „Pärchen Becher". Danach brachte ich meine Freundin nach Hause. Im

Auto ergriff Melody noch einmal die Initiative.

„Ich möchte Dich so schnell wie möglich wiedersehen! Kannst Du das Einrichten?"

„Das ist überhaupt kein Problem," konnte ich erfreut versichern. „Ich bin jetzt eine Woche krankgeschrieben. Da kann ich sehr gut tagsüber für meine Prüfung lernen und abends können wir uns immer treffen, wann Du möchtest!"

„Das ist fantastisch!" erwiderte Melody freudestrahlend. „Bis 18:00 Uhr muss ich arbeiten. Kommst Du mich dann um 19:00 Uhr abholen?"

„Ich werde pünktlich da sein, um nicht eine Minute mit Dir zu versäumen!" gab ich darauf verliebt und ehrlich zur Antwort.

Wir küssten uns noch einmal zärtlich, auch wenn Melodys Großeltern das eventuell sahen. Dann verabschiedeten wir uns voller Vorfreude auf das nächste Treffen.

Das klappte die nächste Zeit auch ganz hervorragend, weil meine Vorgesetzten meinten, dass ich bis zu meiner Prüfung in drei Wochen, nur noch Frühschicht machen sollte.

Melody und ich waren uns einig – wir gehörten zusammen! Einen Tag vor meinen Prüfungen, die waren für zwei Tage angesetzt, Donnerstag und Freitag, nahm Melody mich in die Arme und sagte:

„Wenn Du die Prüfung bestehst, habe ich am Samstag eine Belohnung für dich!"

„Du kannst darauf wetten, dass ich die Prüfung bestehe und da ich das Wochenende frei habe, werden wir richtig feiern!"

„Und ob wir das werden!" erwiderte Melody mit einem ganz seltsamen Ton in der Stimme, den ich aber nicht weiter beachtete.

Die beiden gefürchteten und doch auch herbei gesehnten Tage waren für mich von früh morgens bis zum späten Nachmittag durchgeplant. Für Angst oder Selbstzweifel war überhaupt keine Zeit, obwohl der

Erwartungsdruck von allen Seiten sehr groß war. Nicht nur Melody und Tobias, zu dem ich in diesen Wochen kaum Kontakt gehabt hatte, erwarteten das die Prüfung von mir bestanden wurde. Auch die Großeltern von Melody, die hatte ich nämlich auch schon kennengelernt, drückten mir die Daumen.

Dazu kamen noch die ganzen Kollegen und Vorgesetzten vom Revier, die natürlich auch erwarteten das ich als einziger Prüfling aus Bad Sachsa bestehen würde. Als etwas erschwerend kam noch hinzu, dass ich an beiden Tagen in das rund 50km entfernte Göttingen fahren musste, denn dort wurden die Prüfungen abgehalten.

Nach den Prüfungen am Donnerstag hatte ich erstmals seit Wochen keinen Kontakt zu meiner Freundin. Alles nur wegen der Konzentration auf ein erfolgreiches Ergebnis bei der Prüfung.

Nachdem ich am Freitag alles hinter mich hatte und dann am späten Nachmittag meine Ernennungsurkunde zum Polizeimeister in der Hand hielt, brachen bei mir alle Dämme, zumal ich auch noch eine Belobigung als Jahrgangsbester erhalten hatte. Außerdem war das eine sehr gute Voraussetzung, um nach drei Jahren von dem mittleren in den gehobenen Polizeidienst übernommen zu werden.

Ich hatte mir viel Kleingeld eingesteckt und

„eroberte" die nächste Telefonzelle für mich.

Als erstes rief ich bei Melody in der Apotheke an, da diese noch am Arbeiten war. Danach informierte ich meine Dienststelle und auch Tobias. Alle die Zeit hatten lud ich für diesen Abend um 20:00 Uhr in den Alten Krug zu einer kleinen Feier ein. Durch meinen leider verstorbenen Vater kannte ich den Wirt und hatte in weiser Voraussicht einen kleinen Nebenraum für diesen Abend reserviert.

Ich fuhr nach Hause, sprang unter die Dusche, zog mir frische Sachen an und machte mich auf den Weg, um meine Melody abzuholen. Als ich an der Haustür klingelte, wurde die Tür regelrecht aufgerissen und meine Freundin flog mir in die Arme.

„Herzlichen Glückwunsch zu Deiner bestandenen Prüfung, mein Schatz. Ich habe keine Sekunde daran gezweifelt, dass Du es schaffst", sagte Melody. Sie sah mich strahlend an und gab mir einen langen, nicht enden wollenden Kuss.

„Nun mach mal langsam und lass von ihm noch etwas übrig! Wir wollen ihm auch zur bestandenen Prüfung gratulieren", ertönte auf einmal eine Stimme hinter Melody. Wir beide verliebten jungen Leute zuckten zusammen. Wie es beim Küssen häufig vorkommt, hatten wir beide auch unsere Augen geschlossen und darum hatte keiner bemerkt, dass Melodys Großeltern nun auch in der Tür standen.

Alfred und Marlis Berger hatten mich als Freund ihrer Enkeltochter ja auch schon kennengelernt und mochten mich scheinbar wirklich. Alfred schüttelte mir die Hand und haute mir dabei so heftig auf die Schulter, dass ich fast in die Knie ging. Oma Marlis war schon harmloser und umarmte mich herzlich.

Danach fuhren Melody und ich zum Alten Krug. Als wir dort ankamen, warteten alle anderen schon auf den „Held" des Tages. Die anderen waren mein Freund Tobias, mein Partner Dieter und alle Kollegen/innen vom Revier die Zeit hatten. Ich wurde mit großem Hallo und viel Schulterklopfen von den vierzehn Anwesenden empfangen.

Weil Karl, der Wirt vom Alten Krug, mit der Familie Schürmann schon so lange bekannt war, ging die erste Runde dieser kleinen Feier auf Kosten des Hauses. Es wurde ein langer und feuchter Abend. Zwischen 22:00 und 23:00 Uhr gingen nach und nach alle, die am nächsten Tag wieder arbeiten mussten. Das traf auch auf Melody zu. Sie verabschiedete sich von mir mit einem Kuss und wurde von einer meiner Kolleginnen nach Hause gebracht.

Der harte Kern bestand aus fünf Personen, darunter auch Dieter, der keinen Alkohol trank. Er hatte sich überreden lassen, den Taxifahrer zu machen. Kurz nach Mitternacht stiegen wir vier dann in Dieters großen Opel Rekord und der brachte uns jeweils sicher nach Hause. Als letzter stieg ich aus, bedankte mich noch bei meinem Partner und bemühte mich möglichst aufrecht gehend ins Haus zu gelangen.

Am nächsten Tag, dem Samstag, musste Melody bis 13:00 Uhr arbeiten. Danach fuhr sie nach Hause, duschte, zog sich hübsch an und fuhr dann mit dem Fahrrad zu mir.

Dort angekommen lehnte sie ihr Rad an die Hauswand gleich neben der Haustür und klingelte. Ich bewohnte das Haus nach dem Tod meines Vaters alleine. Melody war nicht das erste Mal hier und hatte mir schon mehrmals erklärt, wie beeindruckt sie davon war, wie ich Haus und Garten in Schuss hielt.

Geklingelt hatte Melody schon, aber ich öffnete nicht. Darum legte sie den Finger auf die Klingel und nahm ihn erst weg, als ich die Tür öffnete. Ich stand dort im Bademantel und sah vom vergangenen Abend immer noch ziemlich mitgenommen aus.

Melody sah mich lachend an. „Du siehst aber noch ziemlich ramponiert aus! Hast Du vergessen, dass wir uns für jetzt verabredet haben?" Ich sah sie entsetzt an. „Für heute

Morgen? Ich denke Du musst arbeiten und wolltest erst um zwei Uhr kommen?"

Melody musste so laut und herzhaft lachen, dass eine vorbeigehende Frau verwundert zu uns beiden hinsah.

„Hast Du mal auf die Uhr gesehen?" mit diesen Worten hielt sie mir ihre goldene Armbanduhr vor die Augen. Ich starrte auf das, was die Uhr anzeigte und traute meinen Augen nicht – 14:00 Uhr!

„Komm rein!" sagte ich mit krächzender Stimme und hochrotem Kopf. „Mich ruft jetzt die Dusche." Ich drehte mich um, lief in Richtung Bad und ließ meine Freundin vor der Haustür stehen. Melody nahm mir das nicht übel. Sie kam herein und machte die Tür hinter sich zu. Eigentlich kam ihr diese nicht erwartete Situation sogar gelegen. Melody hatte nämlich etwas vor, mit dem sie mich noch überraschen wollte. Zügig machte sie sich daran ihre Überraschung vorzubereiten.

Ich ahnte davon natürlich nichts und beeilte mich mit dem Duschen, denn diese Situation war mir total peinlich. Ich trocknete mich flüchtig ab, warf mir ein Handtuch um die Hüften und stürmte ins Schlafzimmer, um mich anzuziehen. Das heißt ich wollte, denn kaum waren die zwei Schritte ins Zimmer getan blieb ich so abrupt stehen, als wäre ich vor eine Wand gelaufen.

Melody stand mitten im Raum, zwar mit dem Rücken zu mir, aber sie hatte natürlich bemerkt, dass jemand hereingekommen war. Was mich aber geradezu erschütterte und eine Art Schnappatmung bei mir auslöste: Melody hatte sich so hingestellt, dass ich nur ihre Rückseite sehen konnte, aber sie war nackt, vollkommen nackt!

„Da hast Du Dich mit dem Duschen wirklich beeilt, mein Schatz", meinte Melody.

Nach diesen Worten drehte sie sich langsam um. Melody blieb stehen, wo sie war, und sah mich an, so als erwartete sie eine bestimmte Reaktion von mir. Ich traute meinen Augen nicht, schloss diese einmal und öffnete sie wieder. Doch das Bild dieser nackten Frau vor mir blieb. Ich öffnete den Mund, um etwas zu sagen, doch es war nur ein absolut unverständliches Gestammel zu hören.

Zu hören war nur dieses Gestammel, aber zu sehen war etwas anderes! Zwischen den Beinen von mir beulte sich das Handtuch heftig! Ich war nicht in der Lage mich zu bewegen. Vor mir stand die schönste Frau, die ich je gesehen hatte, nackt und mit einer Figur, die jedes Eis zum Schmelzen brachte.

Melody ging nun langsam auf mich zu. Ich wusste nicht was ich machen sollte. Bei einem Verkehrssünder oder Verbrecher jeder Art, wäre es mir sofort klar gewesen, was zu tun war. Aber bei einer nackten Frau, die mit großen wippenden Brüsten auf mich zukam, war ich hilflos und tat das vernünftigste, was man machen konnte, ich ergab mich in mein Schicksal!

Melody blieb einen Schritt vor mir stehen. Normalerweise würde ich sie jetzt in die Arme nehmen, aber ich konnte ihr nicht einmal in die Augen sehen, sondern mein Blick wurde von ihrem herrlichen nackten Körper wie von einem Magnet angezogen. Natürlich hatte ich schon Bilder von unbekleideten Frauen gesehen, aber mit dieser Situation, auch wenn Melody die Frau war, die ich liebte, fühlte ich mich überfordert und das war beschämend.

Melody sah genau wie es in meinem Gesicht arbeitete und, bei einem Blick nach unten, nicht nur im Gesicht! Sie trat ganz nah an mich heran und gab mir einen zärtlichen Kuss. Als dabei ihr Busen meinen Oberkörper berührte, zuckten wir beide wie unter einem kleinen Stromschlag zusammen.

Melody trat wieder etwas zurück, wobei sie sich Mühe gab, nicht ständig nach unten zu sehen. Das Handtuch von mir war ein wenig verrutscht und saß jetzt so locker, dass es unweigerlich bald ganz herunterfallen würde.

„Ich habe Dir doch eine Belohnung versprochen, wenn Du die Prüfung bestehst", sprach Melody leise. „Da Du sie auch noch als Jahrgangsbester bestanden hast, musste ich mir doch etwas Besonderes einfallen lassen. Ich hoffe, das ist mir gelungen und Du bist mir deswegen nicht böse?" Melody sah mich mit einem verschmitzten Lächeln an. Ich sagte nichts und schüttelte kaum merklich den Kopf. Wobei ihr nicht klar war, ob sich das Schütteln auf den ersten oder zweiten Teil der Frage bezog.

Unter dem Handtuch, das jetzt nur noch notdürftig die Erektion von mir verdeckte, ruckte und zuckte es. Das zauberte ein fast diabolisches Lächeln in Melodys Gesicht. Ihre Brustwarzen begannen hart zu werden und in ihrem Unterleib machte sich ein Ziehen bemerkbar.

Ich konnte ihr noch immer nicht in die Augen sehen und versuchte verzweifelt mit meinen Händen irgendwie die große Beule unter diesem Handtuch zu bedecken. Das führte aber nur dazu, dass sich Melodys Augen darauf konzentrierten und sie sich mit der Zunge über ihre halb geöffneten Lippen fuhr.

„Wir sind jetzt einen Monat zusammen und wissen ganz sicher, dass wir für immer zusammengehören. Ich liebe Dich und ich weiß, dass Du mich liebst. Wir küssen uns und gehen Hand in Hand spazieren. Dabei spüren wir beide, dass wir mehr wollen, auch wenn

Du noch keine intimen Erfahrungen gemacht hast. Lass uns heute damit anfangen. Lass Dich ohne Angst von mir leiten! Ein Teil von Dir ist dazu auf jeden Fall bereit!" wobei sie lächelnd auf die Beule unter dem Handtuch deutete.

Ganz langsam nahm Melody nun eine Hand von mir und führte sie zu ihrer rechten Brust. Dabei sah sie mir die ganze Zeit tief in die Augen. Meine Hand lag auf ihrem großen nackten Busen – und zitterte! Jeder andere Mann hätte nun damit angefangen ihre samtweiche, tolle Brust zu streicheln, zu kneten oder die Brustwarzen zu bearbeiten – nicht so ich!

„Ich habe zwei davon und Du hast zwei Hände…" erwartungsvoll sah sie mich an. Erst konnte ich mich nicht rühren, aber dann legte ich sehr sehr zögerlich meine zweite Hand ganz vorsichtig auf Melodys zweite Brust. Dabei lief mir reichlich Schweiß von der Stirn.

„Du kannst ruhig fester zupacken. Knete meinen Busen, spiele mit meinen Nippeln", forderte Melody mich leise auf. Ich war ein gelehriger Schüler und gehorchte. Das ließ sie natürlich nicht kalt.

Diese Zärtlichkeiten lösten wahnsinnig intensive Reize in ihrem Intimbereich aus. Melody wünschte und sehnte sich nach Erlösung, aber sie wusste, dass dafür noch nicht die richtige Zeit war.

Da ich mit meinen beiden Händen auf die angenehmste Weise beschäftigt war, griff Melody zu und zog mir das Handtuch weg. Was da zum Vorschein kam, löste bei ihr nicht nur Glücksgefühle aus, sondern auch eine Überschwemmung in ihrem Liebesdelta!

Melody nahm mein Glied zärtlich in ihre rechte Hand und erschauderte. Nicht nur weil sie jetzt ein heißes pulsierendes Stück Fleisch in der Hand hatte, sondern auch, weil ich unter Stöhnen ihre Brüste quetschte und nur noch festhielt. Die Erregung von Melody steigerte sich fast bis zur Explosion. Automatisch begann sie meinen Steifen mit einer Hand zu verwöhnen, während sie mit der anderen in ihre Spalte eindrang und dort die hochempfindliche Knospe verwöhnte.

„Bitte hör auf", musste ich sie auf einmal verzweifelt bitten. „Sonst, sonst…!"stotterte ich. Was mit „sonst" gemeint war, wusste Melody natürlich sofort, da mein Glied die ersten Lusttropfen frei gab.

Sie ging etwas in die Hocke, weswegen ich ihre Brüste loslassen musste, aber nur so weit, bis ihr Busen auf einer Höhe mit meinem Steifen war. Melody führte mein bestes Stück zu dem Nippel ihrer linken Brust und drückte es dagegen.

Nicht nur ich stöhnte in diesem Moment, sondern auch Melody konnte nicht mehr ruhig bleiben. Sie konnte ihre Lust nicht mehr zurückhalten, rieb noch ein paar Mal über ihren Kitzler und erreichte ihren Höhepunkt. Ein Schauer der Wollust zog durch ihren Körper, sie verkrampfte sich als die Wellen des Höhepunktes von ihr Besitz ergriffen. Melody bis die Zähne zusammen, um nicht laut und unkontrolliert ihre Lust hinauszuschreien. Um das Gleichgewicht in der Hocke zu halten, ließ sie meinen Lustkolben los und hielt sich bei mir an beiden Oberschenkeln fest, bis die Wellen ihres Höhepunktes abklangen.

Ich blieb stocksteif stehen und ahnte natürlich was meine geliebte Freundin gerade durchmachte. Nur wie ich darauf reagieren sollte, war mir ein Rätsel. Aus Angst etwas falsch zu machen, blieb ich einfach ruhig stehen und tat damit genau das, was meine Freundin von mir erwartete.

Melody hatte sichtbar noch einige „Nachwehen" und hätte bestimmt in kürzester Zeit den nächsten Höhepunkt erreichen können, aber sie kümmerte sich nun erst einmal zärtlich um mich.

Melody sah zu mir hoch und ich starrte schwer atmend und mit großen Augen auf sie herunter. Sie lächelte mich mit glänzenden Augen an.

„Das hat gutgetan, aber ich brauchte diesen Orgasmus. Wenn Du nichts dagegen hast, dann kümmere ich mich jetzt um Dich. Darf ich machen was ich will?"

Melody wartete die Antwort nicht ab – es gab auch keine! Während ihres Höhepunktes wurde mein Glied unkontrolliert gegen ihren Busen gedrückt. Jetzt nahm sie es in die Hand und umkreiste mit der feuchten Spitze erst die eine, dann die andere Brustwarze. Die beiden Nippel waren so groß und hart, wie sie nur sein konnten und reizten meinen Steifen bis zum Äußersten!

Das war für mich unerfahrenen jungen Mann zu viel. Ich hielt es einfach nicht mehr aus. Mit einem: „Verzeih mir, aber ich kann nicht mehr!" kam auch bei mir der Orgasmus. Mein Glied begann zu pumpen und scheinbar noch härter zu werden. Das Sperma spritzte in Intervallen heraus und mein bestes Stück wurde von Melody zärtlich so gelenkt, dass beide Brüste gleichmäßig gesalbt wurden. Sie wandte keinen Blick von dem zuckenden Schaft. Als ich mich verausgabt hatte, nahm sie mein Glied, legte es zwischen ihre Brüste und massierte es zärtlich.

Erst jetzt sah sie wieder zu mir hinauf. Ich stand da mit geballten Fäusten und blutig gebissenen Lippen! Meine Augen hatten sich an ihren Brüsten und dem dazwischen eingeklemmten Glied festgesaugt, so als wollte ich mir dieses Bild für alle Zeiten einprägen!

Melody erhob sich jetzt langsam. Mein immer noch steifes Glied hinterließ dabei eine feuchte Spur auf ihrem Körper bis unterhalb des Bauchnabels. Sie nahm mich nun an die Hand und ging mit mir zum Bett.

„Das was wir gemacht haben, war wirklich wunderschön, aber ich habe noch nicht genug von Dir und Dein Wunderstab scheinbar auch

nicht von mir", meinte sie mit einem Blick auf mein voll erigiertes Glied. „Bis jetzt haben Dir nur meine Brüste gezeigt, wie schön Sex sein kann. Aber da gibt es noch eine andere Stelle, mit der wir beide den Himmel auf Erden erleben können und das will ich Dir jetzt gerne in Deinem Bett zeigen."

Mit diesen Worten legte sich Melody auf den Rücken ins Bett und deutete mir an mich neben sie zu legen. Den Rest des Nachmittags war sie praktisch die Lehrerin für mich und ich war ein wissbegieriger und fleißiger Schüler!

***

Diesen Nachmittag habe ich mein ganzes Leben lang nicht vergessen! Auch mehr als vierzig Jahre später auf der Bank im Garten sitzend, konnte ich noch jede Einzelheit dieses Nachmittags detailliert beschreiben!

***

In den nächsten vier Jahren schwebten wir beide auf Wolke sieben. Ein Jahr nach diesem traumhaften Wochenende zog Melody zu mir ins Haus. Alfred und Marlis Berger hatten mich als den Freund ihrer Enkeltochter ins Herz geschlossen wie einen eigenen Sohn. Die Beziehung zu meinem Freund Tobias war auch merklich abgekühlt. Wir trafen uns nur wenn der Zufall es wollte. Konkrete Verabredungen gab es nicht mehr. Vielleicht lag es aber auch daran, dass Tobias eine schwarzhaarige Schönheit mit dem Namen Larissa kennengelernt hatte.

Ich versuchte bei der Polizei in Bad Sachsa tadellose Arbeit zu verrichten und konnte Verbrechen verhindern, Verbrechen aufklären und Verbrecher verhaften. Nach dem Überfall auf ein großes Juweliergeschäft gab es eine Verfolgungsjagd a la Hollywood inklusive Schusswechsel. Dabei konnte ich einem Kollegen das Leben retten und wurde selbst dabei verletzt. Nach drei Jahren wurde ich von meinem Revierleiter, Kriminalrat Horst Brinkmann, zum Aufstieg in den gehobenen Polizeidienst vorgeschlagen. Für mich ging damit ein Traum in Erfüllung.

***

Die Mittwochnacht im November war kalt und Regen lag in der Luft. Der Kirchturm ragte in den Nachthimmel und wurde von dem silbrigen Mondlicht in ein unwirkliches Licht getaucht. Gerade schlug die Turmuhr, um zu verkünden, dass es 1:00 Uhr in der Nacht war.

Ging man von der Kirche ungefähr einen Kilometer in Richtung Westen, kam man zum einzigen Friedhof von Bad Sachsa. Das runde Gesicht des Vollmondes strahlte und tauchte den ganzen Friedhof in ein unwirkliches Licht. Während eine Schar Fledermäuse scheinbar direkt auf den Mond zuflog, zauberten die blattlosen Äste von zwei großen Buchen bizarre Schattengestalten auf Gräber und Wege. Leichter Regen setzte ein und der Wind wurde stärker. In der Ferne kündigte sich mit Donnergrollen und vom Himmel zuckenden Blitzen das nahende Unwetter an. Hoffentlich hielt das marode Dach der

Friedhofskapelle und die Abdeckung der leeren und frisch ausgehobenen Grabstelle den starken Naturgewalten stand!

Das mit kleinen, aber feinen, Ornamenten verzierte alte Eisentor, war zwar aus Eisen, aber es bewegte sich leicht hin und her und gab dabei laute furchterregende knarrende Geräusche von sich. Überhaupt schien der Wind sich alle Mühe zu geben, den Gräbern und den darin liegenden Leichen ein Pfeifen und Gemurmel abzuringen. Eine Katze sprang auf einmal mit kreischen und fauchen unter dem Vordach der Kapelle hervor. Durch das nächtliche Schattenspiel erschien sie riesig und gefährlich.

Plötzlich tauchte aus Richtung der Kapelle wie aus dem Nichts eine schwarze Gestalt auf. Ein langer schwarzer Umhang mit Kapuze verdeckte das Gesicht, so das davon nichts zu erkennen war. Vielleicht war es auch besser so? Noch etwas kam hinzu. Die Gestalt trug ein offenbar schweres, schwarzes Paket auf den Schultern. Was es war konnte man nicht erkennen, wozu auch der mittlerweile sehr starke Regen beitrug.

Die Gestalt ging langsam, aber offenbar mit einem bestimmten Ziel über den Friedhof. Schon nach ganz kurzer Zeit war klar, wohin die Gestalt mit dem Paket wollte, nämlich zu

dem leeren frisch ausgehobenen Grab! Dort angekommen ließ diese unheimliche Gestalt das Paket achtlos zu Boden fallen. Was es war, konnte man immer noch nicht erkennen.

Die Gestalt setzte sich auf die hohe Kante des Grabsteines gegenüber und starrte auf die noch leere Grabstelle vor dem das abgelegte Paket lag. Plötzlich erhob sich die Gestalt ruckartig, ging zu dem leeren Grab und entfernte die Abdeckung. Jetzt konnte man auch sehen, dass die Hände von Handschuhen bedeckt waren.

Nun wurde das Paket angehoben, näher an das offene Grab gezogen und dann achtlos hineingeworfen! Anschließend wurde die Abdeckung wieder über das Grab gelegt. Die Gestalt drehte sich um und war bald in der Regenwand nicht mehr zu sehen. Zu hören war aber ein nicht enden wollendes grässliches Lachen!

***

Ich kam gegen 22:30 von der Spätschicht nach Hause und wollte nur noch Duschen und dann ins Bett, denn die letzten Stunden waren sehr anstrengend gewesen.

Bevor ich mich dann schlafen legte, nahm ich meinen einzigen schwarzen Anzug aus dem Kleiderschrank. Dazu noch ein weißes Hemd und die passende Krawatte. Mit sehr kritischem Blick begutachtete ich die Sachen und legte sie dann ordentlich auf das kleine Sofa in meinem Schlafzimmer. Gerade wollte ich mich hinlegen, da fiel mir ein, dass ich auch noch meine schwarzen Schuhe brauchte. Ganze zwanzig Minuten dauerte es, um sie zu finden und dann auch noch zu putzen.

Warum das Ganze? Völlig überraschend war Alfred, der Großvater von Melody, an einem Herzinfarkt verstorben. Ich hatte in den vergangenen vier Jahren ein ganz tolles Verhältnis zu Alfred aufgebaut und war von dessen unerwartetem Tod genauso betroffen wie Melody und ihre Mutter. Morgen früh um 10:00 Uhr war die Beerdigung und es würde für uns alle ein sehr schwerer Tag werden. Ich hatte mir einen Tag Urlaub genommen, um den zwei Frauen Halt geben zu können.

Melody schlief schon den dritten Tag bei ihrer Mutter. Ich wollte die beiden morgen dann um 9:00 Uhr abholen und mit ihnen zum Friedhof fahren, wo der Leichnam von Alfred in der Kapelle aufgebahrt war.

Ich legte mich schlafen, aber der Schlaf wollte sich nicht richtig einstellen. Ich wälzte mich unruhig hin und her, träumte schlecht und sah mich sogar vor einem offenen Grab stehen. Darum dauerte es auch einen Augenblick, bis ich registrierte, dass mein Telefon klingelte. Es war schon lange nach Mitternacht, aber dadurch das ich nur kurz und schlecht geschlafen hatte, fühlte ich mich wie gerädert. Es dauerte dann auch eine ganze Weile, in der das Telefon weiter klingelte, bis ich mich aus dem Bett quälte und zum Flur ging, denn dort stand das Telefon. Ich meldete mich mit schläfriger Stimme.

„Schürmann!" Am anderen Ende der Leitung meldete sich eine Frau, die fast am Weinen war. „Ich bin es, Marlis. Es tut mir leid, wenn ich so spät noch anrufe, aber wann kommt Melody wieder? Sie wollte doch nur ein paar Sachen holen und dann die Nacht noch einmal hier bei mir schlafen."

Ich wunderte mich. „Melody? Mit der habe ich die letzten beiden Tage doch nur telefoniert und als ich vor über zwei Stunden von der Schicht nach Hause kam, war ich alleine hier und habe sie nicht gesehen."

Es wurde still in der Leitung und ich hörte nur noch das heftige Atmen von Melodys Mutter. „Das kann doch nicht sein, meine Tochter erzählt mir doch in dieser Situation keine Märchen. Sie fuhr mit dem Fahrrad los, hoffentlich ist ihr nichts passiert! Ich weiß nicht einmal genau, wann Melody sich auf den Weg gemacht hat. Sie meinte nur, dass sie noch einmal schnell zu euch wollte. Das war kurz nach 19:00 Uhr. Sie hat mir dann noch einen Tee gemacht und ich bin auf dem Sofa eingeschlafen. Als ich vor einer Stunde wach wurde, war ich allein."

Mein Herz begann zu rasen und ich wurde mit einem Schlag hellwach! Marlis hatte recht, da musste etwas passiert sein! Doch ich wollte Melodys Mutter nicht noch mehr beunruhigen und antwortete tröstend: „Auf dem Weg zu mir wohnen ja auch noch zwei Freundinnen von ihr. Vielleicht ist sie bei einer der beiden und hat die Zeit vergessen. Ich fahre da gleich mal hin und melde mich später wieder bei Dir. Also mach Dir keine Sorgen und leg Dich wieder hin."

„Na gut, wenn Du meinst. Aber ich werde kein Auge zu machen, bis Du mit Melody hier bist," meinte Marlis zögerlich.

Ich zog mich in Rekordzeit an, stürzte zum Auto und fuhr los. Der erste Halt war bei Eva und Uwe. In dem Haus brannte kein Licht, aber ich stieg trotzdem aus und klingelte mehrmals. Es öffnete aber niemand. Weiter ging es zu Larissa, der Freundin von Tobias. Nach mehrfachen klingeln, dauerte es zwar eine Weile, aber es ging Licht an und die Haustür wurde aufgemacht. Larissa öffnete und stand in Schlafsachen vor mir.

„Du? Was ist denn los, dass Du mitten in der Nacht friedliche Bürger aus dem Bett klingelst?" wollte Larissa verwundert wissen.

„Entschuldige bitte die Störung", erwiderte ich. „Ich suche Melody. War sie heute Abend bei dir?"

„Melody? Die habe ich vor zwei Tagen das letzte Mal gesehen. Sie wirkte erschöpft und übermüdet. Das ist ja auch kein Wunder bei dem was geschehen ist. Doch warum suchst Du sie jetzt? Ich denke sie schläft bis zur Beisetzung, also bis heute Morgen, bei ihrer Mutter?"

„Du hast Recht, das hat sie auch getan. Doch gestern Abend ist sie irgendwann nach 19:00 Uhr von Marlis mit dem Fahrrad zu uns gefahren, um etwas zu holen. Ihre Mutter weiß aber auch nicht was. Als ich um 22:30 Uhr nach Hause kam, ging ich auch davon aus, dass Melody bei ihrer Mutter war, bei der sie aber bis jetzt nicht wieder eingetroffen ist. Du kennst Melody auch sehr gut und weißt, dass sie normalerweise die Zuverlässigkeit in Person ist und nicht so ohne weiteres verschwinden würde. Zumal heute Morgen ja auch noch ihr Großvater beigesetzt wird."

Ich holte ein paar Mal tief Luft und musste gegen Tränen ankämpfen.

„Für mich steht fest, dass ihr etwas zugestoßen ist. Ich kann nicht sitzen und Däumchen drehen, ich muss sie suchen. Kennst Du vielleicht noch jemand, bei dem sie sein könnte? Bei Eva war ich schon, aber da macht niemand auf."

Larissa schüttelte den Kopf. „Eva und Uwe arbeiten doch in der gleichen Firma und sind zusammen bei einer Fortbildung. Deshalb kannst Du sie auch nicht erreichen. Aber weißt Du was? Ich ziehe mich an und komme mit. Vier Augen sehen mehr als zwei, vor allem, wenn das Wetter noch schlechter wird."

Larissa wartete die Antwort von mir gar nicht ab, drehte sich um und ging hinein. Ich wartete ungeduldig und war Larissa aber auch gleichzeitig dankbar, dass sie mir helfen, wollte meine Freundin zu finden.

Larissa kam schnell wieder, schloss die Haustür hinter sich und stieg zu mir ins Auto. Wir fuhren langsam immer wieder die Strecke von Melodys Großeltern zu meinem Haus ab. Wir erweiterten den Suchradius und fuhren auch in die kleinen Seitenstraßen und Sackgassen. Außerdem kontrollierten wir auch abgelegene Baum- und Buschgruppen, sowie dunkle Hauseingänge. Von Melody und ihrem Fahrrad fanden wir keine Spur.

Meine Verzweiflung wuchs von Minute zu Minute, ich versuchte aber mir nichts anmerken zu lassen. Wir beide waren jetzt schon seit zwei Stunden unterwegs und wussten nicht, wo wir noch suchen sollten. Wind und Regen waren so stark geworden, dass man nicht mehr weit sehen konnte. Larissa brachte die Sache auf den Punkt, auch wenn ich es nicht hören wollte.

„Wir können nichts weiter tun. Bring mich nach Hause. Ich rufe bei Tobias an. Der soll seinen Hintern ins Auto schwingen und mich abholen. Dann suche ich mit ihm weiter. Du informierst Deine Kollegen vom Revier und bittest die um Hilfe. Dann fährst Du zu

Marlis, erzählst ihr alles und bleibst bei ihr. Sie braucht Dich jetzt, auch wenn es Dir unter den Nägeln brennt Deine Melody weiter zu suchen."

Alles in mir sträubte sich gegen das, was Larissa gesagt hatte, doch ich musste einsehen, dass es momentan das Beste war ihren Rat zu befolgen! Ich brachte Larissa zu ihrer Wohnung und fuhr danach zum Revier. Dieses war nachts natürlich nur mit wenigen Polizisten besetzt. Selbstverständlich war ich den Kollegen bekannt und auch Melody war dort keine Unbekannte. Ich redete mit dem Wachhabenden, erklärte ihm was geschehen war und ich darauf hoffte, dass meine Kollegen mir helfen, würden Melody zu suchen. Offiziell war das natürlich nicht möglich, denn eine Vermisstenmeldung konnte erst nach 24 Stunden aufgenommen und bearbeitet werden. Doch die Kollegen sahen mir meine Verzweiflung wohl an und versprachen mir öfter und länger auf Streife zu fahren als normal. Auch die Mannschaft von der Frühschicht sollte informiert werden.

Ich war zwar erleichtert, dass die Kollegen mir helfen wollten, aber die Angst und Sorge um meine geliebte Melody blieb unverändert groß. Dabei stand mir jetzt noch ein schwerer Gang bevor, die Fahrt zu Marlis, der ohnehin schon schwer geprüften Großmutter von meiner Melody.

Obwohl ich bisher kaum geschlafen hatte, verspürte ich überhaupt keine Müdigkeit, auch wenn es mittlerweile schon fast vier Uhr in dieser schlimmen Nacht war. Vor dem Haus angekommen, in dem die Wohnung der Bergers war, blieb ich noch einen Augenblick im Wagen sitzen, um mich zu sammeln. Ein Blick nach oben zeigte mir, dass in jedem Zimmer der Wohnung Licht brannte.

Wie sollte ich Marlis gegenübertreten? Wie sollte man einer Frau, die gerade ihren Mann verloren hatte, beibringen, dass nun auch ihr einziges Enkelkind verschwunden war?

Wie konnte Marlis getröstet werden, obwohl ich doch selbst so verzweifelt war? Ich wusste es nicht!

Mit vielen Ängsten und Zweifeln stieg ich aus dem Auto, ging zur Haustür und klingelte. Der Summer ertönte, ich öffnete die Tür, trat ein und verschloss wieder leise hinter mir. Das Licht im Treppenhaus ging an und jede Stufe bis in die erste Etage kam mir vor wie der berühmte Gang nach Canossa. Zögerlich und langsam ging es mit Beinen die schwer wie Blei waren. Marlis stand oben schon auf der letzten Stufe und erwartete mich.

„Warum hat das denn so lange gedauert? Ich habe mir doch Sorgen gemacht und wieso kommt Melody nicht hoch?“ dabei warf sie einen suchenden Blick nach unten ins Treppenhaus.

Ich packte Marlis an den Schultern, schob sie mit sanfter Gewalt in die Wohnung und schloss die Tür hinter uns. Ich sah ihr in die Augen und flüsterte fast: „Das wird sie im Moment auch nicht. Wir müssen sie erst finden!“

Marlis erstarrte und war kaum in der Lage zu sprechen. „Finden? Was heißt das: Finden?“ Sie starrte mich dabei mit weit aufgerissenen

Augen an. Langsam und stockend antwortete ich:

„Seit Melody von hier weg ist, hat sie niemand mehr gesehen. Ich bin bei ihren Freunden gewesen und habe zusammen mit Larissa zwei Stunden lang immer wieder alles abgesucht. Wir haben keine Spur von ihr gefunden. Ich habe meine Kollegen darüber in Kenntnis gesetzt, dass wir Melody vermissen. Sie suchen jetzt verstärkt nach ihr. Zusätzlich sind auch noch Larissa und Tobias unterwegs. Jetzt müssen wir warten und auch hoffen. Mehr können wir nicht tun. Ich bleibe bei Dir, denn Du hast nachher noch einen ganz schweren Gang zu bewältigen!"

Marlis brach in Tränen aus. „Melody, nicht auch noch meine Melody!" Plötzlich begann sie mit geballten Fäusten auf meinen Oberkörper zu trommeln.

„Du bist doch bei der Polizei! Du musst Melody finden! Warum hast Du sie angerufen? Was wolltest Du von ihr? Deinetwegen ist sie doch bei dieser

Dunkelheit losgefahren! Jetzt musst Du sie mir auch wiederbringen!"

Die Großmutter von Melody schrie mir diese Worte regelrecht ins Gesicht. Ich glaubte mich verhört zu haben.

„Ich soll hier bei Dir angerufen haben? Wie kommst Du darauf? Ich war auf dem Revier und mit so viel Arbeit eingedeckt, dass ich überhaupt keine Zeit hatte hier anzurufen!"

Marlis sah mich verständnislos an. „Aber ich dachte Du hättest so gegen sieben angerufen. Dann habe ich wirklich etwas missverstanden, weil ich sicher war, dass Melody Deinen Namen erwähnt hat."

„Was hat Melody denn gesagt? Hat sie Dir den Grund genannt, warum sie noch einmal zu uns nach Hause musste?" wollte ich natürlich sofort wissen.

Marlis wischte sich die Tränen aus den Augen und überlegte angestrengt. „Nein, sie nannte keinen bestimmten Grund. Wenn ich genau nachdenke, glaube ich, dass Melody mich angeschwindelt hat! Jedes Mal, wenn sie nicht die Wahrheit sagt, kratzt sie sich am Hinterkopf, schon seit ihrer Kindheit. Danach wirkte sie auch unruhig und zerfahren." Marlis hielt inne und es liefen bei ihr wieder die Tränen. „Ich weiß nicht, wie ich später die Beerdigung von Alfred überstehen soll. Wenn Melody dann auch noch etwas geschehen ist, dann lege ich mich gleich neben ihn!"

Nach diesen Worten drehte Marlis sich um und ging langsam ins Wohnzimmer. Dort setzte sie sich auf das Sofa, bedeckte ihr Gesicht mit den Händen und weinte still und leise vor sich hin. Marlis liess ihrer Trauer und dem Schmerz freien Lauf. Eine alte Frau vom Schicksal gebeutelt und zerbrochen!

Mir ging es im Prinzip auch nicht besser, aber ich ließ es mir nicht anmerken. Doch eines musste jetzt unbedingt erledigt werden, und zwar bei den Kollegen auf dem Revier anrufen und denen erzählen, dass Melody einen Anruf bekam, der sie veranlasst hatte, die Wohnung mit einem unbekannten Ziel zu verlassen. Vielleicht, hoffentlich, war das der entscheidende Hinweis, um Melody zu finden!

Nach dem Telefonat ging ich zu der armen Marlis ins Wohnzimmer. Die war auf dem Sofa tatsächlich in einen unruhigen Schlaf gefallen. Ich nahm eine Decke und legte diese behutsam über Melodys Großmutter. Danach setzte ich mich in den Ohrensessel neben dem Sofa und wachte über den Schlaf von Marlis. Innerlich kämpfte ich gegen den Drang, einfach aufzustehen und in Bad Sachsa jeden Stein umzudrehen, um Melody zu suchen und zu finden. Die Angst um diesen geliebten Menschen drohte mir den Verstand zu rauben und trieb auch mir die Tränen in die Augen.

So unglaublich es war, aber auch bei mir forderte der Schlaf irgendwann seinen Tribut. Ich schreckte zwar immer wieder auf und hatte dabei Marlis im Blick, aber gleich darauf fielen mir die Augen wieder zu.

Es war genau 6:52 Uhr als wir beiden aus unserem unfreiwilligen Schlaf aufschreckten. Das Telefon klingelte und ich war in Rekordzeit da und nahm den Hörer ab.

„Schürmann bei Berger," meldete ich mich. „Hallo Niklas, hier ist Larissa. Ich wollte Dir nur sagen, dass Tobias und ich die Suche erst einmal einstellen. Wir haben nicht nur die Strecke von ihren Großeltern zu Dir immer wieder abgesucht, sondern sind auch in der ganzen Stadt herumgefahren. Egal wo wir suchten, von Melody haben wir keine Spur gefunden. Deine Kollegen sind uns auch ständig begegnet. Wir wissen nicht, was wir noch machen sollen, aber Du darfst die Hoffnung nicht aufgeben!"

„Ich danke euch sehr für eure Hilfe! Meine Kollegen werden sicher auch weitersuchen, wenngleich sie es offiziell nicht dürfen. Ich bleibe hier bei Marlis, denn wir müssen uns langsam auf die Beerdigung von Alfred um 10:00 Uhr vorbereiten. Wenn die vorbei ist, werde ich Himmel und Hölle in Bewegung setzen, um Melody zu finden!"

„Wir sind auf jeden Fall in Gedanken bei euch und werden versuchen auch zur Beisetzung zu kommen. Wenn Du Hilfe brauchst, weißt Du wo wir sind!"

Damit beendete Larissa das Gespräch. Marlis stand schon lange neben mir und wollte natürlich wissen was los war. Ich gab ihr eine Kurzfassung von dem was Larissa gesagt hatte und Melodys Großmutter trug es überraschender Weise mit Fassung. Sie drehte sich ohne ein Wort um und ging in ihr Schlafzimmer. Ich griff zum Hörer und rief auf der Wache meinen Kumpel Dieter an.

„Hallo Dieter, Niklas hier. Meine Freunde haben die Suche nach Melody ergebnislos erst einmal abgebrochen. Da ich von euch nichts gehört habe, muss ich leider davon ausgehen, dass auch ihr keine Spur von Melody habt?!"

Dieter seufzte ganz laut. Er kannte die Freundin von mir sehr gut und es tat ihm weh, dass ich mit meiner Vermutung recht hatte. „Es tut mir persönlich sehr leid, Dir nichts Positives sagen zu können. Doch alle wissen Bescheid und sind jetzt viel öfter draußen unterwegs als sie es normalerweise wären. Zwei Streifen sind gerade los und klingeln an jeder Tür in der Nähe der Wohnung von Melodys Großeltern. Vielleicht wurde sie ja zufällig gestern Abend von jemanden gesehen. Übrigens weiß auch der Kriminalrat

Bescheid und drückt beide Augen zu, da wir ja offiziell noch nicht suchen dürfen."

Ich war von dieser ganzen Welle der Hilfsbereitschaft überwältigt. „Ich danke euch! Gib das bitte auch an die Kollegen weiter. Wenn etwas sein sollte, ruf mich hier bei den Bergers an, die Nummer hast Du ja. Ich denke, dass wir beide gegen 9:00 Uhr zum Friedhof aufbrechen, um Alfred auf seinen letzten Weg zu begleiten."

 Damit war dieses Gespräch beendet und alle um eine Hoffnung ärmer. Ich drehte mich um, ging zum Schlafzimmer, blieb vor der Tür stehen und klopfte an.

„Marlis, kann ich reinkommen?" Keine Reaktion. Ich klopfte noch einmal. „Marlis, kann ich reinkommen?" fragte ich wieder, aber diesmal lauter und energischer. Jetzt war ein leises und kaum vernehmbares „Ja" zu hören.

Ich betrat das Zimmer. Marlis saß auf dem Doppelbett und hielt zwei Fotos in der Hand, die sie betrachtete. Ich setzte mich zu ihr und warf einen Blick auf die Fotos. Auf dem einen war der verstorbene Alfred zu sehen, auf dem anderen ihre Enkelin Melody.

Ich sprach kein Wort, sondern legte einen Arm um die Schultern von Marlis und zog sie leicht an mich. Beim Betrachten des Fotos von meiner Freundin wurde mir klar, dass ich gerade genau das machte, was Melody, egal wo sie gerade war, sich wünschen würde. Nämlich, dass ich hier war und ihrer Großmutter zur Seite stand.

So saßen wir beide auf dem Bett, jeder in seinen Gedanken versunken und vergaßen alles um uns herum, auch die Zeit. Auf einmal schreckte ich hoch und sah auf meine Armbanduhr. Es war schon 8:17 Uhr! Marlis, sie hatte mittlerweile ihren Kopf an meine Schulter gelehnt, hatte mit mir eine Stunde so gesessen! Ich nahm den Arm von ihren Schultern und sprach Marlis leise an.

„Marlis, es ist schon fast halb neun! Du musst Dich jetzt schnell umziehen! Wenn Du so weit bist, müssen wir erst noch zu mir fahren, weil ich meinen Anzug schließlich auch noch anziehen muss."Marlis sah mich an, legte die Fotos auf ihr Kopfkissen und erhob sich, ohne ein Wort zu sagen. Ich verließ das Zimmer und setzte mich wieder in den großen Ohrensessel. Je länger es dauerte, je öfter mein Blick auf die Uhr fiel, umso unruhiger und nervöser wurde ich.

Die Schlafzimmertür öffnete sich und Marlis kam zu mir ins Wohnzimmer. Sie sah wirklich schlecht aus. Ganz in schwarz gekleidet, einem bleichen Gesicht und auch noch bläulich angelaufenen Lippen, konnte man meinen, Melodys Großmutter käme geradewegs aus der Geisterwelt!

„Ich muss nur noch meinen Mantel und meine Schuhe anziehen, dann können wir fahren," sagte sie mit einer Stimme, die mir völlig fremd war. Ich nickte nur, stand auf und begleitete sie auf den Flur, wobei ich hinter ihr ging, um sie Notfalls aufzufangen.

Nachdem Marlis die Schuhe anhatte, wollte ich ihr in den Mantel helfen, als es klingelte. Es war genau 8:47 Uhr. Marlis betätigte den Türöffner, trat auf den Flur und sah hinunter.

Ich ging auch hinaus, stellte mich neben Marlis und wollte sie am Arm festhalten. Marlis ging jetzt zwei Stufen hinunter und wartete. Wir beide waren voller Hoffnung. Niemand erwartete um diese Zeit Besuch und das Klingeln konnte doch nur eines bedeuten – Melody kam endlich nach Hause!

Die Haustür ging auf – und zwei Polizisten kamen langsam die Treppe hoch. Als die beiden, einer war Dieter, der andere Lars, Marlis und mich oben stehen sahen, nahmen sie ihre Mützen ab und hielten sie in den Händen. Die Polizisten stellten sich vor und neben Marlis auf. Der erwartungsvolle Gesichtsausdruck von Melodys Großmutter und mir war wie weggewischt.

Als ich in die Gesichter meiner beiden Kollegen blickte und Dieter scheinbar nur mühsam seine Fassung wahren konnte, war mir sofort klar, dass die beiden nur mit schlimmsten Nachrichten gekommen waren. Dieter öffnete den Mund, schloss ihn wieder, räusperte sich und sprach mit gepresster Stimme und bemühte sich um klare Worte.

„Guten Morgen Frau Berger, hallo Niklas." Wir beide starrten ihn an, ohne ein Wort zu sagen, wohl wissend oder zumindest ahnend, was uns Dieter gleich offenbaren würde.

„Wir, wir müssen Ihnen Frau Berger, bzw. Dir Niklas, leider mitteilen, dass Melody ein Unglück widerfahren ist und sie verstorben ist! Unser aufrichtiges Beileid!"

Marlis stieß einen Schrei aus, welcher durch den Widerhall im ganzen Treppenhaus nichts menschliches mehr an sich hatte. Sie drehte sich um und lief weinend mit den Worten: „Meine Melody, meine arme Melody!" in ihr Schlafzimmer und warf die Tür hinter sich zu. Wir drei Männer sahen ihr kurz hinterher, bevor ich mich an Dieter wandte und fragte:

„Jetzt sind wir unter uns. Was wisst ihr, was ist geschehen?" Ich stellte die Frage, während mir die Tränen in Sturzbächen über das Gesicht liefen. Ich sah den beiden Polizisten an, wie unwohl sie sich fühlten und dass sie sich am liebsten in Luft aufgelöst hätten.

„Da gibt es leider einige sehr unangenehme Details", druckste Dieter unsicher herum. Immer wieder sah er in mein von Tränen überflutetes Gesicht, um dann sofort wieder seinen Blick auf die eigenen Fußspitzen zu senken.

„Ihr könnt heute leider auch nicht den Großvater von Melody beerdigen!" „Warum nicht?" wollte ich natürlich wissen. Nun bekam ich eine Antwort, mit der auch in dieser Situation niemand je gerechnet hätte.

„Heute Morgen wollte ein Mitarbeiter des Beerdigungsinstitutes letzte vorbereitende Arbeiten an der Grabstelle von Herrn Berger vornehmen. Als er die Abdeckung wegnahm, lag dort ein in schwarzer Folie eingewickelter großer Gegenstand. Der Mann nahm seine kleine Leiter und stieg in das Grab hinab. Er entfernte ein Stück von der Folie und sah in das Gesicht einer toten Frau, es war Melody!" Die letzten Worte flüsterte Dieter fast. Bevor ich aber etwas sagen oder fragen konnte, fuhr mein Kollege fort.

„Der Mann hat uns sofort angerufen. Ich brauche Dir nicht zu erklären was daraufhin bei uns los war. Wir haben das ganz große Programm gestartet, denn da ist noch etwas, was ich Dir sagen muss!" meinte Dieter, stellte sich neben mir und packte mich an die Schulter.

„Du musst jetzt ganz stark sein! Melody wurde mit vier Stichwunden im Rücken gefunden! Wir müssen davon ausgehen, dass der Friedhof nicht der Tatort ist, sondern dass jemand Melody gezielt dort hingebracht hat. Leider haben wir keine einzige Spur finden können. Das Unwetter dieser Nacht und auch der Mann vom Institut haben alle Spuren zerstört. Kurz gesagt, wir haben noch keine Ahnung bei wem, oder wo wir ansetzen müssen! Der Chef hat sofort eine Soko Melody ins Leben gerufen."

Mir wurde in diesem Moment der Boden unter den Füßen weggezogen. Ich konnte mich gerade noch am Treppengeländer festhalten, während Dieter mir gleichzeitig unter die Arme griff. In meinem Kopf schien etwas zu explodieren. Melody, meine Melody ermordet! Das konnte doch nicht sein!

„Ihr müsst euch getäuscht haben! Das kann nicht Melody sein! Kein Mensch würde ihr sowas antun. Sie ist doch der liebevollste und hilfsbereiteste Mensch, den es gibt! Es kann doch niemanden geben, der ihr Böses will!"

In meinem Kopf dröhnte und wirbelte es. Melodys Gesicht wirbelte durch meine Gedanken. Ich hatte diese Worte meinem Kollegen Dieter ins Gesicht geschrien – so glaubte ich. Doch er sagte mir später, dass ich nur geflüstert hätte.

„Nein, wir haben uns leider nicht getäuscht. Melody ist schon auf dem Weg in die Rechtsmedizin. Wir bringen Dich jetzt rein und Du setzt Dich erst einmal hin. Du musst doch auch noch für Frau Berger da sein. Die Beisetzung von Alfred Berger findet vorerst sowieso nicht statt. Das Institut weiß Bescheid und auch der Pfarrer. Der will übrigens heute noch zu Besuch kommen."

Dieter und sein Kollege schoben mich in die Wohnung und machten die Tür hinter sich zu. Doch die hatten ihre Rechnung ohne mich gemacht. Ich begann zu toben und versuchte die beiden abzuschütteln.

„Ich will zu Melody, Ich will zu meiner Melody! Wer hat sie umgebracht? Sagt mir sofort wer das war. Ich will das Schwein umbringen, das ist doch nur die gerechte Strafe! Ihr kennt doch Melody, ihr Mörder hat doch den Tod verdient!"

Doch meine Kollegen hielten mich eisern fest und schoben mich mit aller Kraft zum Sofa ins Wohnzimmer.

„Beruhige Dich doch etwas", sagte Dieter, wobei er genau wusste, dass er etwas verlangte, was momentan nicht möglich war. „Der Kriminalrat hat unsere besten Leute in der Soko zusammengestellt. Sie werden den oder die Mörder finden und der gerechten Strafe zuführen."

Dann wandte er sich an seinen Kollegen Lars. „Such doch mal Frau Berger und schau nach wie es ihr geht. Wir müssen uns um sie kümmern, denn schließlich muss auch sie irgendwann die Wahrheit erfahren!"

Lars nickte nur und ging los, um Marlis zu suchen, während Dieter beruhigend auf mich einwirkte. Plötzlich hörten wir nur ein lautes: „Dieter, komm schnell!" Dieser zuckte zusammen, drehte sich um und eilte in die Richtung aus welcher Lars gerufen hatte.

Ich lief natürlich sofort hinterher. Das heißt laufen war bei mir übertrieben, denn es musste bei mir langsamer gehen als bei meinem Kollegen, weil ich mir ständig meine Tränen aus dem Gesicht wischte.

Die beiden Kollegen von mir standen im Schlafzimmer und starrten entsetzt auf das Doppelbett. Dort lag Marlis in einer seltsam verkrümmten Stellung mit weit aufgerissenen Augen und offenem Mund. In ihrer rechten Hand, die halb geschlossen war, hielt sie offenbar die zwei zerknüllten Bilder, welche wir vorhin noch betrachtet hatten. Ich wollte an Dieter vorbei und zum Bett gehen, aber der hielt mich fest.

„Bleib hier Niklas", meinte er. „Sie lebt nicht mehr. Ich bin zwar ein Laie, aber ich denke, sie hat die Nachricht von Melodys Tod nicht verkraftet und ist an einem Herzinfarkt gestorben. Genau wie ihr Mann Alfred auch. Es ist einfach entsetzlich! Mir läuft ein Schauer nach dem anderen den Rücken hinunter! So etwas habe ich noch nie erlebt!"

Ich hörte nicht auf ihn, schob seine Hand zur Seite und machte die wenigen Schritte bis ans Bett. Das tat ich mit einem Gefühl, als würde sich jeden Moment vor mir ein großes Loch im Boden öffnen! Das geschah dann auch in dem Moment, als ich Marlis an die Hand faste, in der sie die beiden Fotos hielt. Mir wurde schwarz vor Augen, ich hörte gerade noch zwei Schreie – und wurde erst drei Tage später im Krankenhaus wieder wach!

Ich öffnete meine Augen und sah direkt auf eine weiße Wand. Ein weiterer Rundblick zeigte mir, dass ich in einem Krankenzimmer mit drei weiteren Betten lag, die aber nicht belegt waren. Das waren aber nur kurze Momentaufnahmen. Ich fragte mich, wie und warum ich hierhergekommen war. Es dauerte dann auch nicht lange, bis die Erinnerung wieder da war. Melody wurde ermordet und Marlis lag tot auf ihrem Bett. Warum lag ich hier im Krankenhaus? Ich musste mich doch um alles kümmern und konnte nicht einfach hier herumliegen und meine Zeit vergeuden!

Seltsamerweise regte mich das nicht auf, sondern ich nahm das alles mit Ruhe und Gelassenheit hin. Was mich selbst am meisten wunderte! Auf meine Unterarme gestützt, richtete ich mich in sitzende Stellung auf und war gerade dabei aufzustehen, als die Tür aufging und eine Krankenschwester hereinkam.

„Nana, Herr Schürmann! Was haben Sie denn vor?" wollte sie wissen und kam auf mich zu. Die Schwester blieb vor mir stehen und drohte spielerisch mit dem Finger. Auf dem Namensschild war Sabine zu lesen.

„Ich habe doch noch so viel zu tun. Ich muss gleich drei Beerdigungen organisieren und den Mörder meiner Freundin finden!" Das kam alles völlig ruhig und emotionslos aus meinem Mund.

„Damit können Sie sich ruhig noch Zeit lassen", gab Schwester Sabine zur Antwort. „Sie haben großartige Freunde, die sich soweit es geht, um alles kümmern. Ich glaube die beiden heißen Larissa und Tobias. Dann sind da noch Ihre Kollegen der Polizei. Täglich kommt jemand und erkundigt sich nach Ihnen. Rund um die Uhr wird daran gearbeitet das Verbrechen an Ihrer Freundin aufzuklären!"

Auch das löste keine besonders starke Reaktion in mir aus. „Aber ich kann doch nicht hier sitzen und die anderen alles machen lassen. Was heißt überhaupt täglich? Wie lange bin ich denn hier?"

„Nachdem Sie zusammengebrochen sind, waren Sie mehrere Stunden weggetreten und wurden hier eingeliefert. Die Ärzte haben sich beratschlagt und haben dann entschieden, dass es für Ihre Gesundheit am besten wäre, Sie auch weiterhin ruhigzustellen, darum sind heute drei Tage seit Ihrer Einlieferung vergangen. Legen Sie sich bitte wieder hin. Es ist 9:20 Uhr und ich werde jetzt dem Arzt sagen, dass Sie aufgewacht sind und Ihnen auch etwas zu essen besorgen."

***

„Ich will euch jetzt nicht mit meinen Gefühlen langweilen, die mich damals quälten. Trauer, Schmerz, Verzweiflung und die Frage nach dem Warum waren meine ständigen Begleiter.

Im Nachhinein bin ich froh, dass die Ärzte mich für ein paar Tage aus dem Verkehr gezogen hatten. Der Stress war noch groß genug für mich. Alle drei Verstorbenen wurden in einem großen Familiengrab beigesetzt und es war die größte Beerdigung die Bad Sachsa bis dahin gesehen hatte.

Larissa, Tobias, meine Kollegen der Polizei, Nachbarn und Arbeitskollegen von Melody, alle waren da. Hinterher wollte ich mich gleich in die Arbeit stürzen und den Mörder meiner Freundin finden, aber ich wurde erst noch krankgeschrieben und danach von meinem Chef beurlaubt. Da Melody meine Freundin war, durfte ich in diesem Fall nicht ermitteln!

Darauf wurde von allen Kollegen mit Argusaugen geachtet. Leider war die Ermittlungsarbeit ohne Erfolg!

Viele Jahre habe ich versucht den Mörder zu finden, leider bis heute vergeblich! Larissa verschwand wenige Wochen nach diesen Ereignissen und Tobias kurz danach. Sie habe ich nie wieder gesehen und dich, Tobias, erst heute nach so vielen Jahren. Ich war und bin all die Jahre alleine geblieben, denn Melody wohnt immer noch in meinem Herzen!"

Tobias und Larissa

Nach einem Moment des Schweigens, in dem jeder das eben gehörte, so gut es ging noch einmal in Gedanken Revue passieren ließ, ergriff ich als letzter das Wort.

„Dann will ich mal erzählen wie sich mein Leben in den über vierzig Jahren unserer Kontaktlosigkeit gestaltet hat. Ich muss euch aber gleich darauf hinweisen, dass meine Lebensgeschichte nicht so spannend und außergewöhnlich verlaufen ist wie bei euch. Darum werde ich auch nicht viel Zeit brauchen, um darüber zu berichten. Da Larissa damals hier in Bad Sachsa für mich eine große Rolle gespielt hat und sie ja auch mit Niklas und Melody befreundet war, werde ich im Anschluss aus ihrem Tagebuch vorlesen."

„Nur gut, dass Niklas und Carol keine Gedanken lesen können! So platzt die Bombe wirklich zuletzt", *dachte Tobias.*

Niklas und ich saßen am Sonntag im Café Helmboldt zusammen und ließen uns jeder ein Kännchen Kaffee schmecken. „Glaube mir, Du solltest dich wirklich spezialisieren", meinte ich zu ihm. Mein Freund Niklas war

noch in der Ausbildung zum Polizisten und sehr ehrgeizig. Darum wollte er sich auch von den anderen abheben und seinem Chef beweisen, dass er für alles bereit bzw. offen war.

„Ich denke schon, dass Du recht hast", gab mir Niklas zur Antwort. „Aber was soll ich machen? Ich bin noch in der Ausbildung und spezialisieren kann ich mich bei der Polizei erst nach bestandener Prüfung!"

Ich nahm einen Schluck Kaffee und sah meinen Freund prüfend an. „Du solltest Dich nicht selber schlecht machen! Dein Chef weiß schon, dass Du mit Leib und Seele Polizist bist. Ich will Dich nur daran erinnern, wie Du den Überfall auf die ältere Dame aufgeklärt hast. Und was war mit dem Vater, der seine eigene vierjährige Tochter von der allein erziehungsberechtigten Mutter entführt hatte? Du hattest die entscheidende Idee, mit der das Kind gerettet werden konnte! Den Tierquäler, der Rattengift unter unser Pferdefutter gemischt hatte, konntest Du auch Dingfest machen. Dein Chef hat bestimmt schon ein sehr wachsames Auge auf Dich geworfen! Da kannst Du ganz beruhigt sein."

Ich musste lächeln, denn mein Freund bekam einen roten Kopf wegen dieser Lobeshymne.

„Wenn Dir das aber immer noch nicht reicht, dann habe ich aber noch eine Idee." Niklas war natürlich neugierig. „Nun mach es nicht so spannend, erzähl schon!" forderte er mich sofort auf.

„Naja, das ist doch ganz einfach", gab ich zur Antwort. „Melde Dich in Göttingen bei der Reiterstaffel an! Das kannst Du jetzt schon machen und reiten lernst Du vorher bei uns auf dem Reiterhof. Na, wäre das etwas für Dich?"

„Du hast vielleicht Ideen! Damit habe ich mich noch gar nicht beschäftigt. Aber ich werde darüber nachdenken." „Warte damit nicht zu lange! Komm doch gleich morgen in die Reithalle und sieh Dir alles an." „Na gut, dann bin ich morgen Nachmittag da."

Wir tranken unseren Kaffee aus, bezahlten und gingen unserer Wege. Am Montag kam Niklas dann wie versprochen in die Reithalle. Als Melody, ihren Namen kannten wir ja eigentlich noch nicht, uns dann ansprach, ging es mir genauso wie Niklas. Ich war von ihrer Anmut und Schönheit hin und weg.

Als ich mich dann mit Absicht in die Bürotür stellte, um Melody hineinzubitten, war die körperliche Berührung unvermeidlich. Was dabei in mir vorging war unbeschreiblich! Ich fühlte mich elektrisiert und einen kurzen Moment auf Wolke sieben schwebend! In mir war ein Gefühl entstanden, welches ganz neu für mich war – ich war verliebt!

In dem Alter war ich kein Kostverächter, wie man doch so schön sagt. Ich ließ nichts anbrennen und die Liste mit den Namen meiner Freundinnen war so lang, dass ich ein Teil von ihnen schon vergessen hatte.

Nachdem sie und Niklas gegangen waren, konnte ich mich den Rest des Tages auf nichts mehr konzentrieren, denn in meinem Kopf hämmerte mir jemand immer wieder ihren Namen ein: Melody, Melody, Melody…

Die nächsten beiden Tage vergingen für mich viel zu langsam und nachts war an Schlaf kaum zu denken. Der Mittwoch war für mich ein Feiertag, denn an diesem Tag kam Melody nachmittags zum Reiten.

Ich putzte vorher unsere Stute Penelope so lange, bis ich schweißtriefend mein T-Shirt auszog. Penelope war acht Jahre alt und eine ganz liebe und ruhige Vertreterin ihrer Art. Ich hatte auch dafür gesorgt, dass Melody ganz sicher dieses Pferd zugeteilt wurde. Die Reitstunde würde mein Bruder Patrick leiten.

Melody kam fünfzehn Minuten vor Beginn der Reitstunde. Sie begrüßte mich mit Handschlag. „Hallo Tobias", ich jubelte innerlich darüber, dass sie meinen Namen nicht vergessen hatte.

„Hast du ein liebes und ruhiges Pferd für mich ausgesucht?" „Natürlich! Die Stute heißt Penelope und du wirst keine Schwierigkeiten mit ihr haben." In diesem Moment stieß mein Bruder zu uns. „Hallo, Du musst Melody sein und hast die Schnupperstunde bei uns gebucht." Sie nickte nur. „Gut, ich bin Patrick, der Bruder von Tobias und leite die Reitstunde. Komm mit, während mein Vater die laufende Stunde zu Ende bringt, begleite ich Dich zu der Stute. Die steht nämlich noch im angrenzenden Stall."

Ich kam nicht dazu etwas zu sagen. Patrick legte vertrauensvoll einen Arm um die Schultern von Melody und ging mit ihr weg. Wenig später konnte ich beobachten, wie er ihr in den Sattel half und dabei ausgiebig mit

der Hand ihren Oberschenkel und den Po begrabschte! Melody bekam einen roten Kopf und ich hatte das Gefühl, dass sie am liebsten wieder nach Hause gefahren wäre. Das setzte sich bei der Reitstunde fort. Ständig korrigierte Patrick etwas bei Melody, mal an dem linken Bein, mal an dem rechten. In mir kochte es! Ich hätte meinen Bruder würgen können!

Die Konsequenz war, dass Melody nach der Reitstunde fluchtartig, ohne sich zu verabschieden, die Halle verließ. Da ich ja wusste, dass sie mit dem Fahrrad gekommen war, beeilte ich mich meins zu schnappen und vorsichtig und mit Abstand hinterher zu fahren, denn ich wollte unbedingt wissen wo Melody wohnte. Das klappte auch sehr gut. Dadurch ermutigt stand ich am nächsten Morgen schon vor sechs Uhr mit meinem alten NSU in der Nähe ihrer Wohnung. Da ich nicht wusste, wann sie anfangen würde zu arbeiten, hatte ich diese frühe Zeit gewählt.

Meine Geduld wurde auf eine harte Probe gestellt. Nach einer längeren Wartezeit kam Melody gegen 7:30 Uhr aus dem Haus und fuhr mit dem Fahrrad los. Ich folgte ihr mit Abstand und fand so heraus, dass sie in der

Apotheke arbeitete. Eines war für mich klar, ich musste Melody wiedersehen! Hauptsache, sie nahm mir das Gegrabsche von meinem Bruder nicht übel!

Am Sonntag machte ich mich auf den Weg zu Niklas. Ich wollte mit meinem Freund über Melody reden. Der Weg zu seinem Haus führte an ihrer Wohnung vorbei und durch Zufall sah ich ihn von dort losfahren – mit Melody im Auto! Erst dachte ich nichts Böses, doch mein Gefühl sagte mir, dass ich den beiden folgen sollte. Als die beiden bei den Kranichseen ankamen, musste ich mit ansehen, wie mein bester Freund und Melody Hand in Hand spazieren gingen und sich später auch noch küssten!

Niklas und Melody ein Paar und mein Freund hatte mir nichts davon erzählt! Für mich brach eine Welt zusammen. Zuerst war ich so wütend, dass ich ihn am liebsten verprügelt oder sogar umgebracht hätte! Dann geschah etwas, womit ich keine Erfahrung hatte, mir liefen Tränen die Wangen hinunter! Zum ersten Mal seit ich erwachsen war musste ich weinen! Zum ersten Mal spürte ich wie es war, wenn Liebe nicht erwidert wurde.

Zum ersten Mal war nicht ich es, der über andere lachte, wenn sie verzweifelt waren.

Jetzt hatte es mich erwischt und keiner war da, der mir in meiner Not Trost zusprach.

Ich saß noch lange in meinem Auto und hing meinen Gedanken bzw. Gefühlen hinterher, bevor ich nach Hause fuhr. Mein Ziel war die gut gefüllte Hausbar in unserem Wohnzimmer. Auf dem Reiterhof ankommen, das Auto abstellen, aus der Bar eine Flasche Whisky nehmen und damit in mein Zimmer stürmen, geschah wie in Trance. Ich schmiss mich auf mein Bett und leerte die Flasche in nur dreißig Minuten. Danach fiel ich in ein tiefes dunkles Loch.

Das Aufwachen am nächsten Morgen war dann nicht sehr angenehm. „Nun steh endlich auf du Trunkenbold. Wer saufen kann, der kann auch arbeiten!" Diese Worte schrie mir mein Bruder Patrick ins Gesicht, während er mich an den Schultern packte und nach allen Regeln der Kunst durchschüttelte.

In meinem Kopf dröhnte und hämmerte es so stark, dass mir sofort schlecht wurde. „Wenn du nicht augenblicklich damit aufhörst, dann landet mein ganzer Mageninhalt gleich in deiner Fresse", gab ich ihm stöhnend zur Antwort. Fluchend ließ Patrick von mir ab und lief aus meinem Zimmer.

Dieser Tag wurde zur Qual für mich. Mein Bruder und auch meine Eltern schikanierten mich, wo sie nur konnten. Ich war froh, als der Tag vorbei war und sich die Wogen einigermaßen geglättet hatten. In den nächsten zwei Wochen führte ich mit mir selbst einen großen Kampf. Ich hatte in dieser Zeit keinen Kontakt mit Niklas und auch nicht mit Melody. Das hätte ich wirklich nicht verkraften können!

Meine Entscheidung war gefallen. Es hatte keinen Sinn, um Melody zu kämpfen, wenn sie sich für Niklas entschieden hatte. Sondern im Gegenteil, ich würde Gefahr laufen Niklas seine Freundschaft zu verlieren und auch Melody gar nicht mehr zu sehen. So rief ich dann bei Niklas an und tat so als wäre alles wie immer.

„Hallo Niklas, wie geht es Dir? Alles klar?" „Ja, soweit ganz gut. Ich bin nur etwas im Stress." Die folgenden Sätze kamen mir nicht gerade leicht über die Lippen. „Prüfungsstress, denke ich. Nicht wahr? Übrigens freut es mich für Dich, dass Du jetzt mit Melody zusammen bist!"

Am anderen Ende der Leitung war es auf einmal sehr still und dann kam die Frage: „Woher weißt Du das denn?" „Na ja, es spricht sich eben herum, wenn das schönste Mädchen der Stadt vergeben ist! Ich bin sicher Du packst die Prüfung! Bis dann!"

 So überraschend, wie ich angerufen hatte, so schnell legte ich auch wieder auf. Bis heute ist es mir ein Rätsel, woher ich die Kraft für diesen Anruf nahm.

Die nächsten zweieinhalb Jahre waren für mich wie ein einziger Alptraum. Zu Hause wurde ich von Patrick schikaniert und wie Dreck behandelt. Immer deutlicher ließ er mich spüren, dass er der Ältere war und eines Tages den Reiterhof übernehmen würde. Zu meinem Entsetzen begannen auch meine Eltern mich wie eine billige Arbeitskraft zu behandeln. Nie bekam ich zu hören: *Das hast*

Du gut gemacht oder *Du hast ja die ganze Woche durchgearbeitet, jetzt mach mal ein oder zwei Tage frei!*

Am Anfang habe ich mich gegen diese grundlose Schikane gewehrt, aber das machte alles nur noch schlimmer.

Wenn ich die Kraft und den Mut gehabt hätte meine Familie zu verlassen, wäre vieles vielleicht anders gekommen. Doch ich ertrug alles, damit ich wenigstens ab und zu Melody sehen oder sogar in ihrer Nähe sein konnte.

Dies alles hatte zur Folge, dass sich mein Verhalten gegenüber der Familie sehr stark veränderte. Ich war immer angespannt und in mich gekehrt, hing meinen Gedanken nach.

Doch das war erst der Anfang. Ich hatte starke Kopfschmerzen, lag Nächte lang wach, die Gedanken kreisten immer wieder, oder immer noch, um Melody und mein ganzer Körper war schwer wie Blei. Alle aktuellen Herausforderungen zu bewältigen, fiel mir sehr schwer. Ich fühlte mich erschöpft, nach außen hin wirkte ich stark und zielstrebig, aber innerlich war ich total zerrissen, einsam und leer. Ich fühlte mich unverstanden von Gott und der Welt. Es war wie eine Faust, die mein Herz ständig gefangen hielt und nicht lockerließ. Ich sehnte mich danach allein zu sein, nichts mehr zu spüren von den quälenden Gefühlen. Den Fragen, wie es mir geht, versuchte ich aus dem Weg zu gehen. Ich konnte es nicht beschreiben, warum es mir nicht gut geht. Zumindest nicht so beschreiben, dass es jemand verstand.

Ich hatte auch ständig große Angst zusammenzubrechen. Schon beim Aufwachen überkamen mich starke Ängste, wenn ich an den kommenden Tag dachte.

Immer wieder dachte ich daran mir das Leben zu nehmen, weil ich diese schweren Gefühle von Einsamkeit, Hoffnungslosigkeit, Freudlosigkeit nicht mehr aushielt. Oder wenn ich nach einem besonders schweren Tag auf dem Reiterhof zu mir sagte: *Was solls, Fußabtreter muss es auch geben!* Doch es ging immer irgendwie weiter, und zwar dann, wenn ich Melody sah oder sogar traf.

Das was ich jetzt geschildert habe geschah natürlich nicht von heute auf morgen, sondern entwickelte sich im Laufe der Zeit. Wer weiß, wie das ausgegangen wäre, wenn ich nicht durch Zufall Larissa kennengelernt hätte. Sie richtete mich auf und verstand mein Problem.

An diesem Donnerstag musste ich zur Post und schaffte es gerade noch als letzter meine Briefe zu frankieren und abzugeben. Ich verließ die Postfiliale und direkt hinter mir wurde die Tür abgeschlossen.

Wieder auf der Straße lief ich fast direkt Niklas in die Arme. Der stand mit dem Streifenwagen nur wenige Meter entfernt am Straßenrand und redete auf eine bildhübsche junge Frau ein. Die hielt eine Flasche Bier in der Hand und war wohl nicht mehr ganz nüchtern. Dann fiel sein Blick auf mich.

„Tobi, dich schickt der Himmel! Komm doch bitte mal her." Natürlich war ich sehr überrascht, dass Niklas mich so euphorisch ansprach.

„Hallo Niklas, warum bin ich vom Himmel geschickt? Kann ich dir irgendwie behilflich sein?" „Du könntest mir wirklich einen großen Gefallen tun. Mein Kollege Dieter und ich müssen dringend zu einem Verkehrsunfall. Die restlichen Kollegen der Wache sind auch zu verschiedenen Einsätzen. Wir hatten einen Anruf bekommen, dass hier auf der Straße eine angetrunkene Frau andere Personen laut anpöbelt. Diese Frau ist aber eine Bekannte von Melody und mir, nämlich Larissa Hagemann. Sie hat nichts getan, was wir jetzt ahnden müssten. Hättest Du Zeit und auch die Möglichkeit Larissa nach Hause zu begleiten? Sie wohnt nicht weit von hier.

Du würdest mir damit einen großen Gefallen tun." Ich tat mich wirklich schwer in meinem angeschlagenen Zustand gerade Niklas einen Gefallen zu tun. Doch sagte mir eine innere Stimme *mach es.*

„Wenn ich dem Gesetz helfen kann, dann werde ich wohl schlecht nein sagen", gab ich darum lächelnd zur Antwort. „Das ist super", meinte Niklas und wandte sich dann an die Person, um die es hier ging. „Larissa, das ist mein Freund Tobias. Ich muss jetzt sofort zu einem anderen Einsatz. Bist Du damit einverstanden, wenn er Dich nach Hause bringt?"

Die angesprochene drehte sich nun richtig zu mir um und musterte mich mit einem undefinierbaren Blick. „Larissa, wir haben es eilig! Bist Du einverstanden?" drängte Niklas sie zu einer Entscheidung.

„Aber nur weil Du es bist! Sieht ja auch ganz schnuckelig aus, der Kleene", gab die junge Frau zur Antwort. Wobei ihr das Sprechen schon etwas schwer fiel. Statt einer Antwort nickte mein Freund nur und nahm ihr die Flasche Bier aus der Hand. Den Inhalt schüttete er in einem nahen gelegenen Gully, hielt mir dann die leere Flasche hin und schob auch Larissa in meine Richtung.

„Noch einmal Danke für Deine Hilfe und sollte sie Schwierigkeiten machen liefere sie einfach auf der Wache ab", sprach Niklas und machte sich dann mit seinem Kollegen Dieter auf den Weg zur nächsten Einsatzstelle.

Nun war auch für mich die Zeit gekommen die junge Frau mal richtig in Augenschein zu nehmen. Larissa war nur einen halben Kopf kleiner als ich, hatte pechschwarzes und mehr als schulterlanges Haar. Die braunen Augen boten einen schönen Kontrast zu ihrer hellen, fast bleichen Gesichtsfarbe. Sie hatte offenbar einiges von dem Bier über ihr T-Shirt vergossen. Dadurch hatte sich der Stoff wie eine zweite Haut über ihre Brüste gelegt, die sich nun für mich erfreulicherweise klar und deutlich abzeichneten. Kurz gesagt, Larissa war eine bildhübsche junge Frau von geschätzten 23 Jahren mit einer großartigen Figur.

„Na, gefällt Dir was Du siehst"? Mit dieser direkten Frage hatte ich nicht gerechnet und wurde total verlegen. Doch ich ging nicht darauf ein, sondern sagte nur: „Komm lass uns gehen. Gleich da vorne steht mein Auto."

Ich fasste sie an den Arm und zog Larissa mehr oder weniger zum Auto. Nachdem ich aufgeschlossen hatte, ließ sie sich plumpsend in den Sitz fallen. Bevor wir dann losfuhren, musste ich natürlich wissen wohin, da Niklas mir die Adresse nicht genannt hatte.

„Also Larissa, ich brauche noch Deine Adresse." Sie schaute mich mit großen Augen an und meinte dann: „Was machst Du, wenn ich Dir nicht sage, wo ich wohne?" „Ganz einfach, dann liefere ich Dich ganz schnell auf der Polizeiwache ab und die stecken Dich dann in die Ausnüchterungszelle."

Diese Aussicht schien Larissa dann doch nicht zu gefallen. „Sudetenstr. 24", gab sie zur Antwort. Ich sah sie von der Seite an und glaubte Tränen in ihren Augen zu erkennen.

„Was ist los? Darf ich fragen, warum Du Dir einen hinter die Binde gekippt hast?" Die junge Frau sah mich an und sprach nur ein einziges leises Wort: „Liebeskummer!" Das reichte mir vollkommen und ich antwortete spontan: „Das kenne ich nur zu gut!"

Wir sprachen dann kein Wort mehr. Vor dem Haus angekommen, in dem Larissa das Erdgeschoss bewohnte, fragte sie mich: „Wie wäre es mit einem kleinen Schluck auf den Kummer mit der Liebe?"

Ich zögerte etwas, doch was hatte ich zu verlieren? Nichts! „Gut, aber wirklich nur einen kleinen Schluck, ich muss schließlich noch Auto fahren." Larissa antwortete etwas was ich aber nicht verstand. In der Wohnung

nahm sie eine Flasche Cognac aus der Bar und goss jedem einen reichlichen Schluck ins Glas. Wir prosteten uns zu und Larissa meinte dann zu mir: „Setz Dich doch auf das Sofa. Ich gehe ins Bad mich etwas frisch machen, denn mein mit Bier getränktes Shirt riecht nicht sehr gut. Ich finde es sehr nett, dass Du mich noch nicht darauf angesprochen hast."

Larissa lies mich allein im Wohnzimmer zurück und ging ins Bad. Ich setzte mich auf das Sofa, nahm noch einen Schluck und stellte das Glas auf den kleinen Tisch vor mir. Dann wartete ich darauf das Larissa wiederkam, schloss kurz die Augen – und schlief ein!

Ich wurde wach als mir jemand einen Kuss gab. Dieser jemand war natürlich Larissa. Sie stand vor mir – nackt wie die Venus! Einfach wunderschön und mit einer Figur, wie ich sie noch nie gesehen hatte, trotz meiner vielen Freundinnen! Sie hielt mir ihre Hand hin und flüsterte: „Komm, wir helfen uns gegenseitig über unseren Liebeskummer hinweg!"

Ich nahm wortlos ihre Hand und erhob mich von dem Sofa. Larissa ging mit mir in ihr Schlafzimmer. Dort erlebte ich eine Nacht voller Hingabe und Leidenschaft. Eine ganze Nacht, wie ich sie noch nie zuvor erlebt hatte! Als wir uns viel später erzählten, warum und wegen wem wir Liebeskummer hatten, krallten wir uns danach regelrecht aneinander fest und ließen nicht eher voneinander ab, bis wir uns vor Erschöpfung kaum noch bewegen konnten.

In der Folgezeit verbesserte sich mein Zustand immer mehr. Larissa und ich hatten eine feste Beziehung. Wir gingen sogar mit Niklas und Melody oft gemeinsam aus. Danach fielen Larissa und ich im Bett fast immer übereinander her. Die beiden Frauen waren sogar noch öfter zusammen, vor allem auch deshalb, weil Melody durch den

Schichtdienst von Niklas viel allein war. Dazu kam noch, dass ich auf unserem Reiterhof mittlerweile auch in zwei Schichten, inklusive Wochenende, arbeiten musste.

Alles verlief normal, bis zu jenem Tag ein Jahr später. Dem Tag oder die Nacht in der Melody verschwand und tot aufgefunden wurde. Larissa rief mich mitten in der Nacht an und erzählte mir was geschehen war und sie jetzt mit meiner Hilfe nach Melody suchen wollte. Ich holte Larissa ab und wir suchten praktisch ganz Bad Sachsa nach Melody ab.

Es war schon unangenehm. Auf der einen Seite die Sorge um die verschwundene Freundin, auf der anderen für lange Zeit ein Sauwetter bei dem man kaum etwas sehen konnte. Glücklicherweise trafen wir beide auch ab und zu auf die Kollegen von Niklas, die außer uns nach Melody suchten. So konnten wir uns absprechen.

Larissa und ich hatten uns hingelegt, ich hatte jetzt nicht mehr den weiten Weg nach Hause genommen und war bei ihr geblieben. Wir versuchten Schlaf zu finden, was an diesem Morgen wirklich nicht einfach war. Gefühlt waren wir gerade erst vor einer Minute eingeschlafen, als das Telefon klingelte. Schlaftrunken nahm ich das Gespräch an, weil Larissa sich die Bettdecke ganz über den Kopf zog.

„Hier Tobias Mahlmann bei Hagemann", meldete ich mich und gähnte herzhaft. „Hallo Tobias, hier ist Dieter. Es tut mir leid, dass ich Dich nach dieser langen Nacht schon wieder störe. Ich weiß von den Kollegen das Du mit Larissa auch nach Melody gesucht hast. Darum muss ich euch leider mitteilen, dass eure Freundin ermordet in dem ausgehobenen Grab ihres Großvaters gefunden wurde! Aber wir brauchen trotzdem noch einmal eure Hilfe."

„Das ist ja schrecklich! Ermordet im Grab? Selbstverständlich werden Larissa und ich euch helfen! Was können wir tun?"

Den Namen Larissa hatte ich extra besonders laut ausgesprochen. Die reagierte auch richtig und stand wenige Augenblicke später neben mir.

„Es ist etwas entsetzliches geschehen“, Dieters Stimme schien zu zittern. „Als Frau Berger von Melodys Tod hörte, hat sie das nicht verkraftet und ist einem Herzinfarkt erlegen! Niklas ist bei ihrem Anblick zusammengebrochen. Er wurde ins hiesige Krankenhaus gebracht und ist bewusstlos. Die Ärzte haben beschlossen, dass dies zu seinem eigenen Besten auch für drei bis vier Tage so bleiben soll.“

„Das ist alles ganz entsetzlich, aber wie können wir helfen?“ unterbrach ich Dieter. „Wir brauchen Leute, welche uns helfen die drei Beisetzungen zu organisieren, mit dem Pfarrer reden, Behördengänge machen, eben alles was Niklas jetzt allein erledigen würde.“

„Larissa hat nur Teile von unserem Gespräch mitbekommen, aber ich bin sicher, dass sie einverstanden ist! Ich werde noch mit Eva und Uwe reden, die werden bestimmt auch helfen. Wir könnten uns treffen und eine Art Schlachtplan erstellen.“

„Mir fällt ein Stein vom Herzen und Niklas wird eure Hilfe auch zu schätzen wissen“,

erwiderte Dieter. „Wir bleiben in Kontakt."
Damit war das Gespräch beendet und ich
wandte mich an Larissa, um ihr alles zu
erzählen.

Die folgenden Tage waren wirklich stressig.
Neben dem normalen Job noch Niklas im
Krankenhaus besuchen und zu helfen, wo es
ging. Es war gut, dass sich so viele bereit
erklärt hatten mitzumachen, auch als Niklas
dann entlassen worden war.

Die gemeinsame Beisetzung des Ehepaars
Berger mit deren Enkeltochter Melody wurde
zu einem Großereignis in Bad Sachsa. Von
Dieter und seinen Kollegen bekam ich dabei
durch Zufall mit, dass die Ermittlungen im
Mordfall Melody auf der Stelle traten. Auch
die Gründung der Soko Melody hatte bis jetzt
keine Ergebnisse gebracht.

Mit Niklas hatte ich die nächsten Wochen
keinen Kontakt mehr, da er nicht arbeiten
konnte und sich zu Hause verkroch.   Bei
Besuchen ließ er niemanden ins Haus und am
Telefon endete jedes Gespräch praktisch nach
einer Minute.

Ungefähr vier Wochen nach der großen Beisetzung verschwand Larissa spurlos und ohne eine Nachricht zu hinterlassen. Ich hielt es auch nicht mehr lange aus und bewarb mich für die Stelle eines Pferdewirts auf einem Gestüt in Schleswig-Holstein. Die Annonce hatte ich in einer Fachzeitschrift gefunden. Eine Antwort bekam ich schon wenige Tage später. Mir wurde mitgeteilt, dass ich bereits am Ersten des nächsten Monats die Stelle antreten konnte. Das war schon in zehn Tagen und ich war total begeistert!

Nur wenige Tage nach dieser Zusage ließ ich am Freitagabend beim gemeinsamen Essen die Bombe platzen: „Das ist heute mein letztes Essen bei euch. Morgen früh packe ich meine paar Sachen und bin weg."

Ich nahm einen Umschlag aus meiner Jackentasche und schmiss ihn vor meinem Vater auf den Tisch. „Das ist ein Brief meines Rechtsanwalts und Notar. Da steht im Groben drin, dass ich für den Verzicht auf meinen Pflichtteilanspruch auf mein in Zukunft zu erwartendem Erben, eine Abfindung verlange und damit als

Pflichtteilberechtigter ausscheide. Mein Anwalt wird Dir meine neuen Kontodaten dann rechtzeitig mitteilen. Ach so, Du hast vier Wochen Zeit mir das Geld zu überweisen!"

Nach diesen Worten erhob ich mich und ging auf mein Zimmer und begann zu packen. Das Seltsame an diesem Abend war, dass niemand am Tisch auch nur ein Wort zu meiner Entscheidung gesagt hatte und dies änderte sich nicht. Am nächsten Tag, also dem Samstag, verließ ich gegen 9:00 Uhr den Reiterhof, ohne noch einmal jemanden von der Familie zu sehen, aber das war mir egal.

Der vergangene Freitag war der letzte Tag in meinem Leben, an dem ich meine Familie gesehen habe. Mir ist nicht einmal bekannt, wann meine Eltern gestorben sind und was mein Bruder aus dem Reiterhof gemacht hat, wenn es ihn überhaupt noch gibt.

Wie gesagt, habe ich bei einem großen Gestüt in Schleswig-Holstein als Pferdewirt angefangen. Dort habe ich zwar rund vierzig Jahre meines Lebens verbracht, aber viel zu erzählen gibt es nicht. Ich habe auch die zusätzliche Ausbildung zum Reitlehrer gemacht. Es war äußerst abwechslungsreich. Ich gab Reitunterricht auf der einen Seite und auf der anderen konnte ich mich sehr intensiv mit der Pferdezucht beschäftigen.

Was soll ich sagen, der Eigentümer des Gestütes hatte mit seiner Frau nur ein Kind, und zwar eine Tochter mit dem Namen Rosemarie. Die verliebte sich in mich und wir heirateten. Drei Jahre nach der Hochzeit brachte meine Frau Zwillinge zur Welt. Es waren Mädchen und wir gaben ihnen die Namen von den beiden Frauen, die eine so große Rolle in meinem früheren Leben gespielt hatten: Larissa und Melody!"

Ich hielt kurz mit meiner Erzählung inne, da Niklas bei Erwähnung der beiden Namen sichtbar zusammenzuckte. „Als die beiden Mädchen sechzehn Jahre alt waren, starben meine Schwiegereltern und meine Frau bei einem Autounfall. *Der schönste Tag in meinem Leben!*

So wurde ich praktisch über Nacht Eigentümer eines erfolgreichen Gestüts. Ich brachte Larissa und Melody alles bei, was man können musste, um ein Gestüt zu leiten. Durch großartige Zuchterfolge und Gewinne auf der Rennbahn, brachte ich es zu Millionen auf meinem Konto.

An dem dreißigsten Geburtstag meiner Töchter übertrug ich ihnen die Leitung des Gestüts. Ich begann das Leben in vollen Zügen zu genießen und hatte dann eines Tages die Idee Kontakt mit euch aufzunehmen und damit ein Wiedersehen einzuleiten.

Ich nehme jetzt hier aus meiner rechten Jackentasche einige Zettel. Es sind Seiten aus dem Tagebuch von Larissa. Diese hat sie mir zukommen lassen und ich soll sie unbedingt vorlesen. Die Seiten sind nicht fortlaufend. Scheinbar hat sie nur die ihrer Meinung nach wichtigsten herausgerissen und mir geschickt. Fragt mich nicht, woher sie weiß, dass wir uns heute hier treffen. Larissa trat damals nur für kurze Zeit in das Leben von Niklas und mir. Doch sie spielte eine sehr, sehr wichtige Rolle, wie Du Carol, natürlich nicht wissen kannst. Auch Du Niklas, ahnst nicht einmal, wie sie Dein Leben beeinflusst hat! Also nicht vergessen, ich lese es nur vor, erzählt wird es praktisch von Larissa."

„Heute habe ich Melody kennengelernt. Wir trafen uns durch Zufall abends in der einzigen Diskothek von Bad Sachsa. Sie fiel mir sofort auf, weil sie die hübscheste Frau in der Disco war und trotzdem alleine mit einem Glas Saft in der Hand an der Theke stand. Sie wurde zwar immer wieder von irgendwelchen Typen angesprochen, aber sie wies jeden höflich und bestimmt zurück. Als dann vom DJ das Lied „Spacer" von Sheila & B. Devotion aufgelegt wurde, war sie im Nu auf der Tanzfläche und tanzte für sich alleine. Da ich auch ohne Begleitung hier war, tanzte ich sie einfach an. Ich kannte zu dem Zeitpunkt ihren Namen noch nicht. Sie sah mich mit großen Augen an, nickte und lächelte mir zu. Egal ob Upside Down, Dolce Vita oder Westend Girl, wir tanzten ohne Pause und bei First Time von Robin Beck tanzten wir nicht mehr auf Distanz, sondern langsam Arm in Arm.

Nach dem Lied gingen wir Hand in Hand zur Theke. „Übrigens, ich bin Larissa", stellte ich mich vor. „Ich bin Melody. Danke das Du mit mir getanzt hast. Du bist eine hervorragende Tänzerin", gab mir Melody zur Antwort.

„Das Kompliment kann ich dir nur zurückgeben! Bist Du solo, oder warum gehst Du allein in die Disco?" Die Frage war vielleicht etwas indiskret, aber das störte Melody nicht. „Ich bin allein hier, weil mein Freund arbeiten muss. Wie ist es bei Dir?"

„Da hast Du mir etwas voraus. Ich bin solo“, war meine ehrliche Antwort.

Es wurde ein ganz toller Abend für Melody und mich. Wir tanzten viel und verstanden uns auf Anhieb sehr gut. Bevor wir nach Hause gingen, tauschten wir noch unsere Adressen und Telefonnummern aus und verabredeten uns für drei Tage später zum Eis essen. Wir trafen uns wie verabredet, bestellten Eis, redeten und lachten viel. Die Chemie passte zwischen uns. Dabei stellten wir auch noch eine ganze Reihe von Gemeinsamkeiten fest. Bevor wir uns trennten, wurde kein Zeitpunkt für ein nächstes Treffen vereinbart, aber uns beiden war klar, dass wir uns auf jeden Fall so bald wie möglich wiedersehen wollten und dann sollte auch Niklas, der Freund von ihr, dabei sein. Wir umarmten uns und dann ging jeder seines Weges.

Die nächsten Treffen kann ich großzügig übergehen. Wir waren immer zu dritt, also Niklas war dabei. Am Anfang war er ein ganz netter Typ, aber je öfter wir uns trafen, desto unsympathischer wurde er mir!

Dann kam der Tag, an dem ich Tobias kennenlernte. Das war eine glückliche Fügung denn kurz vorher hatte ich Melody getroffen und war wirklich total fertig. Tobias sah schon irgendwie krank aus und war auch noch ein guter Freund von Niklas.

An diesem besonderen Tag hatte ich das ein oder andere Bier in der Öffentlichkeit zu viel getrunken und das hatten einige Passanten auf der Straße zu hören bekommen. Die hatten natürlich nichts Besseres zu tun als die Bullen zu rufen. Schon hatte ich Niklas am Hals, denn der war Polizist. Zu meinem Glück musste er schnell zu einem wichtigeren Einsatz und überredete Tobias, der zufällig vorbeikam, mich nach Hause zu bringen.

Irgendwie spürte ich, dass wir beide ein besonderes Päckchen zu tragen hatten. Bei mir zu Hause angekommen setzte ich Tobias mit einem Glas Cognac auf das Sofa und ließ ihn alleine. Ich musste unbedingt duschen und ging danach nackt, wie Gott mich geschaffen hatte, wieder zu Tobias. Der war doch glatt eingeschlafen und ich musste ihn wachküssen. Als er mich dann nackt vor sich stehen sah, hatte ich keine Mühe ihn in mein Bett zu bekommen, schließlich habe ich ja auch wirklich einiges zu bieten! Wir liebten uns bis zur völligen Erschöpfung, aber so seltsam es sich auch anhört, das war es nicht was ich wollte!

Es war Samstag und ich hatte mich mit Melody nachmittags zum Joggen verabredet. Der blöde Niklas würde erst Montag von einem Seminar wieder nach Hause kommen. Da Melody bis 14:00 Uhr arbeiten musste, holte ich sie gegen 16:00 Uhr mit dem Fahrrad ab und wir fuhren in den Stadtforst. Es war richtig gutes Wetter zum Joggen, trocken, nicht kalt, aber auch nicht zu warm. Da wir beide nicht ganz unsportlich waren, liefen wir zehn Kilometer in einer guten Zeit.

Wieder bei den Fahrrädern angekommen, waren wir ordentlich durchgeschwitzt. Ich sah meine Freundin schwer atmend an. Unter ihrer jetzt feuchten Sportkleidung zeichnete sich ihre großartige Figur deutlich ab! Am liebsten hätte ich Melody in die Arme genommen und geküsst! Egal welche Konsequenzen das für mich gehabt hätte! Doch ich konnte mich gerade noch beherrschen.

Die Rückfahrt zu Melodys Wohnung war sehr kurzweilig. Wir unterhielten uns gut und erzählten Witze. Dabei konnte ich es mir nicht verkneifen ihr auch Komplimente zu ihrer großartigen Figur zu machen, die sie mir auch sofort zurückgab.

Bei ihrer Wohnung angekommen, also mit ihrer Wohnung ist das Haus von Niklas gemeint, bei dem Melody eingezogen war, stellten wir die Fahrräder ab und gingen hinein.

„Möchtest Du zuerst unter die Dusche? Du hast schließlich heute schon gearbeitet und

ich muss mir meine mitgebrachten Sachen noch zurechtlegen", fragte ich Melody. Die strahlte mich an. „Das ist lieb von Dir! Ich bin wirklich ziemlich geschafft", meinte sie und ging ins Bad. Ich kannte mich im Haus schon sehr gut aus, da meine Besuche bei Melody keine Seltenheit waren. Darum wusste ich auch, wo die Kühltruhe im Keller war, in die ich jetzt eine mitgebrachte Flasche Sekt legte.

Nach ungefähr fünfzehn Minuten öffnete sich die Badezimmertür und Melody rief, da sie nicht wusste, wo ich war: „Ich bin fertig, Du kannst Dich jetzt duschen. Ich bin mich im Schlafzimmer am Anziehen." „Alles klar, ich bin schon unterwegs", gab ich zur Antwort und machte mich mit meinen Sachen auf den Weg ins Bad. Viele Sachen waren es ohnehin nicht. Eine durchsichtige Bluse, einen BH trug ich fast nie, einen String und meinen neuesten Minirock.

Nach meinem Duschen, abtrocknen und schnellem anziehen, brachte ich meine alten Sachen ins Gästezimmer, wo meine Tasche stand. Ich setzte mich kurz auf das Bett und versuchte mir vorzustellen, was Melody wohl angezogen hatte. Aber allein der Gedanke an meine Freundin brachte mich wieder zum Schwitzen. Mein Mund wurde trocken und der Verstand wollte nicht akzeptieren, was ihm vom Herz mitgeteilt wurde: Melody bedeutete mir viel, viel mehr als eine normale Freundin mir jemals bedeuten könnte!

Von meinen Gefühlen zerrissen sackte ich in mir zusammen. Was sollte ich tun? Wie mit dieser Situation umgehen? Konnte ich mit Melody darüber reden? Bestimmt nicht! Ich holte ein paar Mal tief Luft, erhob mich und verließ das Gästezimmer, um nachzusehen warum Melody nichts von sich hören ließ. Vorher ging ich noch in den Keller und holte die inzwischen kalte Flasche Sekt aus der Truhe. Ich öffnete sie im Wohnzimmer und goss zwei Sektgläser voll. Mit den Gläsern in der Hand ging ich in Richtung Schlafzimmer.

Die Tür stand eine Handbreit auf und ich schob sie langsam weiter auf. Bei dem Anblick, der sich mir dann bot, lief es mir heiß und kalt den Rücken hinunter. Melody lag auf dem Bett und war eingeschlafen. Dann war da noch etwas, was mir den Atem nahm – sie war nackt! Ihre langen Haare bedeckten einen kleinen Teil der großen Brüste und ihr glatt rasierter Intimbereich schrie regelrecht nach Zärtlichkeit!

Ich konnte nicht anders und ging langsam und leise auf das Bett zu. Ich brauchte nur den Arm ausstrecken und hätte Melodys nackten Körper berührt. Den Körper der schönsten Frau die ich je kennengelernt hatte!

Stattdessen begann ich zu weinen, stellte die beiden Gläser auf das Nachtschränkchen neben dem Bett und verließ fluchtartig das Schlafzimmer. Im Gästezimmer warf ich mich einfach weinend auf das Bett.

Plötzlich fühlte ich eine Hand auf meiner Schulter. Ich zuckte zusammen und richtete mich auf. Natürlich war es die Hand von Melody. Scheinbar war es mir nicht gelungen ihr Schlafzimmer so leise zu verlassen, wie ich gekommen war. Melody hatte sich zu mir auf das Bett gesetzt und sah mich an. Sie war so wie ich sie eben gesehen hatte – vollkommen nackt!

„Liebe Larissa, was ist los mit Dir? Wie kann ich Dir helfen? Du weißt, mit mir kannst Du doch über alles reden!" Es waren leise, vorsichtige und einfühlsame Worte von Melody. Ich schüttelte vehement den Kopf. „Das kann ich nicht! Mit Dir schon gar nicht!" Die Worte waren lauter und heftiger ausgefallen als ich eigentlich wollte.

„Mit mir schon gar nicht? Was soll das denn heißen? Ich denke wir sind Freundinnen und können über alles reden!" Melody nahm ihre Hand von meiner Schulter. Auch ihre Worte fielen lauter aus als gewollt.

„Genau das ist mein Problem", erwiderte ich. Melody sah mich fragend an. „Das verstehe ich nicht", und dies entsprach bestimmt der Wahrheit. Ich setzte mich jetzt ganz aufrecht hin und gab mir einen Ruck. Nun war schon alles egal. „Ich habe einfach riesige Angst davor, dass Du mich verlässt, wenn ich Dir sage, was in mir vorgeht."

Melody nahm jetzt meine Hände und hielt sie fest. „Egal, was Du mir sagen willst, ich bin für Dich da und werde Dich nicht verlassen!"

Meine, vielleicht *noch* Freundin, saß direkt vor mir, hielt meine Hände fest und war nackt. Eigentlich war es das, was ich mir je erträumt hatte, aber…

Ich versenkte meinen Blick in ihre schönen Hellblauen Augen und nahm meinen ganzen Mut zusammen. Ich nahm meine Hände aus den ihren, strich ihr zärtlich eine Strähne des langen Haares aus dem Gesicht und zog ihren Kopf zu mir. Dann küsste ich Melody, auf den Mund, nicht auf die Wange. Das was ich befürchtet hatte trat nicht ein – sie wehrte sich nicht! Danach zog ich Melody noch näher zu mir und flüsterte in ihr Ohr: „Das ist meine Antwort. Das ist mein Problem!"

Ich ließ Melody los und wollte aufstehen, aber sie hielt mich auf dem Bett fest. „Das ist dein Problem? Du wolltest mich küssen und hast dich nicht getraut?" fragte Melody mich ebenso leise. Mit der Antwort auf diese Frage ließ ich mir sehr viel Zeit, denn ich wollte sie nicht mit einer falschen Wortwahl abschrecken.

„Es ist sehr viel mehr als dieser eine Kuss. Ich habe für dich Gefühle, wie ich sie bisher nicht kannte. Während Du hier nackt neben mir sitzt, fallen mir tausend Sachen ein, die ich mit

Dir machen möchte! Ich liebe Dich Melody! Ich liebe Dich und es ist mir egal, dass Du einen Freund hast und eine Frau bist!"

Bei den letzten Worten brach es aus mir heraus und meine Tränen rannten in wahren Sturzbächen die Wangen hinunter. Ich konnte durch die Tränen nicht sehen wie Melody darauf reagierte, aber es geschah eine gefühlte Ewigkeit nichts. Was mich zu der Äußerung veranlasste: „Ich wusste doch, dass ich es nicht hätte sagen dürfen!"

Da spürte ich Melodys Arme, die mich ganz fest an ihren nackten Körper zogen. Dann flüsterte sie mir Worte ins Ohr, Worte, von denen ich bisher nur geträumt hatte. „Liebes, Du darfst mir alles sagen! Das Du mich liebst, hättest Du mir ruhig schon eher sagen können. **Ich** war nämlich zu feige etwas zu sagen, denn ich habe gespürt, dass da etwas ganz Besonderes zwischen uns ist. Ich liebe Dich auch!"

Danach nahm sie meinen Kopf zwischen ihre Hände und küsste mich und küsste mich! „Dann mach doch diese tausend Sachen mit mir", hauchte Melody in mein Ohr. Ich legte jetzt meine Arme um den Nacken meiner Freundin und erwiderte ihre Küsse. Dann wurde ich mutiger und öffnete mit meiner Zunge ihren Mund. Melody stöhnte als unsere Zungen sich berührten. Immer wieder küssten wir uns, ohne voneinander abzulassen. Zärtlich, neugierig in uns horchend, was das hier mit uns machte. Alles war schließlich neu für uns beide. In diesem Moment gab es nur noch uns beide!

Auf einmal löste sich Melody etwas von mir, nahm meine rechte Hand und meinte: „Mein Herz schlägt wie verrückt, fühl mal." Dabei musste Melody sich vertan haben, denn sie legte die Hand direkt auf ihre Brust. Das schien etwas bei ihr auszulösen, denn ihre beiden Brustwarzen richtete sich schlagartig zu voller Größe auf.

Ich knöpfte mit der freien Hand meine Bluse auf und bot Melody meine ebenfalls nicht gerade kleine Oberweite dar. Meine Freundin verstand sofort meinen fordernden Blick und legte mir nicht nur eine Hand auf meinen Busen, sondern sie nahm gleich beide Hände und begann meine Brüste zu massieren und mit den Nippeln zu spielen.

Ich war total erregt und hatte mir bis zum heutigen Tag nicht vorstellen können, wie schön es war, wenn eine andere Frau meinen

Busen streichelte. Ich erwiderte diese bisher nicht bekannte Zärtlichkeit sofort, indem ich auch meine zweite Hand nahm, um Melody Brüste zu verwöhnen. Ich glaubte noch nie etwas Schöneres, weicheres in den Händen gehabt zu haben!

Für uns beide gab es nun kein Zurück mehr. Das Streicheln und Massieren meiner Brüste sandten Signale voller Lust in meinen Unterleib und ich konnte spüren, dass es Melody ebenso ging!

Ich zog mich jetzt auch komplett aus. So saßen wir uns nackt, total erregt und zu allem bereit gegenüber. Melody hatte wirklich einen traumhaften Körper, wie geschaffen für die Liebe und genau wie ich an den wichtigsten und schönsten Stellen glattrasiert!

Wir beide sahen uns unentwegt an und sprachen kein Wort, wobei ein greifbarer Hauch von verbotener Erotik und heißer Leidenschaft zwischen uns lag.

Melody ergriff die Initiative, legte sich der Länge nach auf das Bett und sah mich auffordernd an. Ich ließ mich nicht lange bitten und lag sofort neben ihr. Melody legte sich auf ihre Rechte und ich auf meine linke

Seite. Wir küssten uns und zwei heiße, nackte Körper pressten sich aneinander. Busen an Busen, Schenkel an Schenkel.

„Ich habe das noch nie gemacht", sagte Melody leise. „Ich auch nicht, aber es fühlt sich so gut an und Deinen nackten Körper zu spüren ist einfach wunderbar", erwiderte ich ebenso leise.

Melody ließ auf einmal eine Hand über meinen Po gleiten und begann diesen zu kneten und zu massieren. Ein Schauer der Erregung nach dem anderen durchströmte meinen Körper und veranlasste mich zu einem lauten Stöhnen. Ich bedankte mich, indem ich ihr meinen Oberschenkel zwischen ihre Beine schob und ihn in ihrem Intimbereich hoch und runter bewegte. Mein Schenkel war sofort nass von ihren Liebessäften.

Melody stieß einen kurzen Schrei aus. „Du kleine Teufelin, weißt Du was Du da machst? Ich halte das nicht mehr aus!" Zärtlich schob sie mein Bein zur Seite und legte sich auf den Rücken. Zwei Finger ihrer rechten Hand fanden den Weg in die nasse Spalte zwischen ihren Schamlippen und begann den Kitzler zu streicheln und zu massieren. Mit der linken

Hand bearbeitete Melody ihre Brüste härter als ich es getan hatte und das schien ihr großes Vergnügen zu bereiten!

Das war ein total erregendes Schauspiel. Ich hatte schließlich noch nie miterlebt wie eine Frau sich selbst befriedigte. Aber das musste jetzt nicht sein! Zärtlich hielt ich ihre Hand fest und sagte zu ihr: „Das muss nicht sein Liebes! Wofür hast Du mich?"

Ich schob ihre Hand ganz auf die Seite und ersetzte ihre Finger durch meine. Melody sah mich an, schloss dann die Augen und genoss es von mir verwöhnt zu werden. Für mich war es auch etwas neues, denn noch nie hatte ich eine andere Frau zwischen den Beinen berührt. Melody blieb aber nur einen Augenblick still liegen, bevor sie begann sich zu bewegen. Auf einmal drängte sich ihre linke Hand zwischen meine Beine und begann mich genauso zu verwöhnen wie ich sie. Das war einfach fantastisch und ich musste ein lautes nicht enden wollendes „Jaaaaaaa" von mir geben.

Doch plötzlich verkrampfte Melody, ein Beben zog durch ihren Körper und sie gab laute spitze Schreie von sich. Der Orgasmus durchzog ihren Körper. Ihr zuckender

Unterleib presste sich immer wieder gegen meine Hand, mit der ich mir alle Mühe gab, sie glücklich zu machen. Diesen ersten von mir herbeigeführten Orgasmus von Melody zu beobachten war einfach fantastisch!

Nach und nach beruhigte sie sich. Melody hatte aber auch während ihres Höhepunktes die linke Hand weiter auf meinen Schamlippen liegen gelassen, aber ohne weiter aktiv zu sein und das holte sie jetzt nach.

„Jetzt bist Du dran! Leg Dich auf den Rücken!" Melody begann meine Lustknospe zu massieren. Mal schneller, mal langsamer, mal fester, mal sanfter. Ich lies mich fallen und konzentrierte mich auf Melodys Hand und das was diese in meinem Intimbereich anstellte. Ich krallte mich mit beiden Händen in meinen Brüsten fest, was noch eine zusätzliche Stimulierung für mich war. Melody nahm nun ihre linke Hand, um meine Perle zu massieren und ließ zwei Finger der rechten Hand in meine nasse Liebesgrotte gleiten. Sie zog die Finger wieder heraus und ließ sie nicht wieder hineingleiten, sondern stieß zweimal schnell hintereinander mit ihnen zu. Das war zu viel für mich. Ich kam zum Höhepunkt, ich kam und kam. Eine

Lustwelle nach der anderen durchzog meinen Körper. Melody küsste mich heftig und sie sagte mir, nachdem ich mich beruhigt hatte, auch warum.

„Liebes, Du hast so laut geschrien, dass ich Angst hatte, jemand könnte das hören." Schwer atmend lagen wir beiden dann wieder auf der Seite und pressten unsere Körper aneinander. Wir genossen diesen ersten Sex mit dem anderen Geschlecht, diese ersten Höhepunkte noch einmal mit Liebkosungen und Zärtlichkeiten. Was wir dann in dieser Nacht noch alles ausprobierten war einfach fantastisch. Diese erste Nacht habe ich nie vergessen!

So ging es über ein Jahr weiter. Ein Jahr das zum glücklichsten meines Lebens wurde! Immer mit der Einschränkung, dass ich Niklas immer häufiger und heftiger zum Teufel wünschte, weil er zwischen Melody und mir stand. Ich ließ mir aber nichts anmerken, auch meiner Liebsten gegenüber nicht, da ich sie nicht zwingen wollte sich zwischen mir und ihm zu entscheiden.

Um mich häufiger mit Melody treffen zu können, besorgte ich mir sogar einen anderen Job. Ich hatte eine Stelle bei einer

Putzkolonne bekommen, da konnte ich in den frühen Morgenstunden und auch manchmal am Wochenende arbeiten. Dadurch und weil Niklas ja in drei Schichten arbeiten musste, konnten wir unsere gemeinsame Zeit optimal nutzen. Noch besser lief es, als Melody nur noch halbtags arbeiten konnte.

Natürlich gab es immer wieder kürzere oder längere Zeiten, in denen wir uns nicht treffen konnten, z.B. wenn Niklas Urlaub hatte oder krank wurde. Dann musste Tobias herhalten, mit dem ich schließlich offiziell zusammen war. Wir trieben es dann bis zur völligen Erschöpfung und jeder dachte dabei an dieselbe andere Person – Melody!

Ich bewunderte die ganze Zeit auch Melodys Selbstbeherrschung. Nie verriet sie sich durch ein Wort, eine Geste oder einen Blick, wenn wir drei oder vier zusammen waren. Mir fiel das schon bedeutend schwerer, denn am liebsten war ich mit Melody allein. Sie hatte für uns beide sogar Ringe gekauft und trug den ihren immer. Für Niklas war es einfach ein weiteres Schmuckstück an seiner Freundin. Ich trug ihn nur, wenn ich ganz sicher war, dass mir dieser blöde Kerl nicht über den Weg laufen würde.

Es hätte alles so schön werden, bzw. bleiben können. Ich hatte mich damit abgefunden, dass Melody ein Doppelleben führte und ihren traumhaften Körper auch noch an Niklas verschenkte. Vor jedem unserer Treffen duschte sie, meistens in meinem Beisein, um seine ekelhaften Spuren von ihrem Körper abzuwischen!

Es war ein Mittwoch, der mein Leben veränderte. Dieser eine Mittwoch vor der Beerdigung von Melodys Großvater. Ich war gerade aufgestanden, es war 11:35 Uhr, und wollte duschen gehen, als es an der Haustür klingelte. Noch müde, da ich von 4:00 Uhr bis 8:00 Uhr gearbeitet hatte, ging ich zur Tür, um zu sehen wer es wagte mich zu stören. Es war Tobias und ich ließ ihn rein. Der sah ziemlich erschüttert aus und hatte verweinte Augen. Schlagartig war ich hellwach.

„Was ist los Tobias? Du siehst grauenhaft aus!" „Du wirst gleich genauso aussehen", gab er mir zur Antwort. „Weißt Du, was ich heute Morgen von Klaus-Dieter, dem Bruder von Evas Freund, erfahren habe? Niklas hat unserer Melody letzte Woche, noch bevor ihr Großvater gestorben ist, einen Heiratsantrag gemacht und sie hat JA gesagt!"

In meinem Kopf schien etwas zu explodieren! Als ich wieder zu mir kam, lag ich im Schlafzimmer auf meinem Bett. Tobias saß neben mir und hielt meine Hand.

„Geht es Dir wieder besser? Du warst jetzt fast eine halbe Stunde weggetreten und als Du zusammengebrochen bist, hast du einen Schrei ausgestoßen, dass ich geglaubt habe, die Leute von der Straße würden gleich die Wohnung stürmen!" Ich sah Tobias verständnislos an und es dauerte einen Moment, bis ich wieder klar denken konnte. Mir liefen die Tränen über das Gesicht, ohne dass ich es wollte. Einen klaren Gedanken fassen war unmöglich! Durch diesen Tränenschleier konnte ich gerade noch erkennen, dass auch Tobias weinte.

„Aber, aber das kann doch nicht sein! Nicht meine Melody! So oft hat sie gesagt, dass sie mich liebt, dass sie die Momente herbeisehnt, in denen wir uns wieder in den Armen liegen! Das kann doch nicht alles nur erfunden sein. Dann darf sie doch nicht diesen blöden Kerl heiraten. Das kann Melody mir doch nicht antun!" Ich hatte mich noch nie so verzweifelt, so verletzt, so gedemütigt gefühlt! Das musste und würde Konsequenzen haben!

*****

So ihr beiden, das waren die Seiten aus
Larissas Tagebuch. Dazu habe ich auch noch
einiges zu sagen. Meinst Du, Du kannst den
Rest auch noch verkraften?" Diese Frage
richtete ich an Niklas, der total verkrampft
und mit bleichem Gesicht neben mir saß und
mich anstarrte, als wäre ich ein Gespenst.
Carol sagte nichts und sah von mir zu ihm und
von ihm zu mir. Niklas räusperte sich und
antwortete mit zitternder Stimme: „Du kannst
den Rest ruhig erzählen Tobias! Ich kann das
alles sowieso kaum glauben. Meine Melody
hätte sowas nie gemacht!"

Ich musste laut lachen und man sah Niklas an,
dass er mir in diesem Augenblick am liebsten
eine reingehauen hätte.

„Oh doch, Deine Melody hat über ein Jahr
lang ein Doppelleben geführt, das ihr mehr als
gut gefallen hat! Es gibt sogar sehr intime
Bilder von Larissa und Melody im Bett!"

Jetzt mischte sich auch Carol ein. „Tobias,
was soll das? Musst Du nach so langer Zeit
den Finger in alte längst verheilte Wunden
legen und diese erneut aufreißen?"

„Ja Carol, das ist nötig, denn diese Wunde hieß Melody und hat vierzig Jahre lang das Leben von drei Personen beeinflusst! Dann will ich euch auch den Rest erzählen und der ist etwas ganz Besonderes! Als erstes muss ich klarstellen, dass ich vorhin nicht ganz die Wahrheit erzählt habe und..."

„Das war mir klar! Genauso habe ich mir das vorgestellt", wurde ich lautstark von Niklas unterbrochen. Ich sah ihn böse an. „Halt den Mund und hör zu, dann weißt Du sofort was ich meine! Alles was ich Dir von Freundschaft, besten Freund und diesen ganzen Quatsch erzählt habe, stimmt nicht. Ich war vom ersten Moment an genau wie Du in Melody verliebt und rasend vor Eifersucht! Dazu kam noch meine Situation auf dem Reiterhof. Dann habe ich erlebt, wie Dir alles was Du angefasst hast, gelungen ist. Ich begann Dich zu hassen.

Wie ich es geschafft habe, Dir weiterhin den guten Freund vorzuspielen kann ich mir bis heute nicht erklären. Wenn ich nicht zu feige gewesen wäre, hätte ich dich am liebsten umgebracht! Später hatte ich eine Verbündete in Larissa, der ging es nämlich genauso!"

Ich machte eine kurze Pause und sah meine beiden „Freunde" an. Carol sah mich mit großen Augen an und Niklas bekam seinen Mund nicht mehr zu. *Wenn die beiden wüssten, dass bis jetzt alles noch ganz harmlos war…*

Ich erzählte weiter, bevor mich einer unterbrechen konnte. „An dem Tag als wir beide von euren Heiratsabsichten erfuhren, reifte in uns ein Plan, den wir auch perfekt umsetzten. Ich brachte Larissa zu einer Telefonzelle ans andere Ende der Stadt. Sie wollte telefonieren und die Polizei sollte das später nicht zu ihrem Anschluss zurückverfolgen können. Larissa war es nämlich die bei den Bergers anrief, um mit Melody zu sprechen.

Ich weiß nicht was Larissa ihr im Einzelnen sagte, aber das Melody danach nervös wurde kann ich mir vorstellen. Ich wartete mit Larissa in deren Wohnung und Melody kam um 20:40 Uhr. Als es klingelte ging Larissa zur Tür und öffnete. Sie drehte sich einfach um, ohne ein Wort zu sagen und ging wie besprochen in die Küche. Ich hatte mich in der Zwischenzeit in das daneben liegende Esszimmer zurückgezogen, damit Melody mich nicht sah, ich aber alles beobachten konnte.

Melody schloss die Haustür und kam langsam hinterher. Larissa lehnte sich an die Küchenzeile, mit den Händen hinter dem Rücken. Sie hatte ihren Freundschaftsring mitten auf den kleinen Küchentisch gelegt. Melody blieb ruckartig stehen als sie das sah. „Du kannst ihn Dir nehmen! Ich will ihn nicht mehr und Dir bedeutet er ja nichts", meinte Larissa seltsam ruhig zu ihr. Melody liefen ein paar Tränen über die Wange.

„Das stimmt nicht! Er hat mir so viel bedeutet, Du bedeutest mir so viel. Aber auch Niklas bedeutet mir viel, dafür habe ich zu viel an seiner Seite erlebt, als es Dich noch nicht gab! Aber ich möchte auch eine normale Ehe! Ich möchte Kinder und ein normales Leben! Das kann ich doch nur an seiner Seite haben. Bitte, versuche doch mich zu verstehen!" „Und Deine Liebesschwüre, Deine ewige Liebe, die Du mir geschworen hast? Was ist damit, wo ist sie hin?"

Mit diesen Worten ging Larissa auf Melody zu, nahm den Ring mit der linken Hand und hielt ihn ihr hin. Die rechte Hand blieb hinter ihrem Rücken. Dicht vor Melody blieb sie stehen. „Nimm ihn und geh!" Ihre ehemalige Freundin weinte nur noch. Sie nahm den Ring, sah Larissa noch einmal tief in die Augen drehte sich um und wollte ohne ein weiteres Wort gehen.

Jetzt kam Larissas rechte Hand hinter dem Rücken hervor. Sie hielt ein Messer darin und stieß es Melody in den Rücken, einmal, zweimal! Noch während Larissa das zweite Mal zustieß, kam ich aus dem Esszimmer, ebenfalls mit einem Messer in der Hand! Auch ich stieß zweimal zu, wobei Melody beim zweiten Mal schon auf dem Küchenboden lag!

Wir säuberten die Messer nicht und entsorgten sie auch nicht. Larissa nahm zwei Gefrierbeutel von der Anrichte und jeder tat sein Messer in einen Beutel. Danach tauschten wir die Beutel so, dass Larissa mein Messer mit Blut und Fingerabdrücken bekam und ich ihres mit Blut und Fingerabdrücken! Das hatten wir uns überlegt, damit einer den anderen für alle Zeit mit diesem Beweisstück in der Hand hatte und keiner den anderen je verraten würde! Unser Plan war aufgegangen! Larissa war sogar mit Absicht in die Küche gegangen, damit wir eventuelles Blut nicht auf dem Teppich, sondern auf den Fliesen hatten.

Larissa und ich hatten unser Ziel erreicht. Wir befriedigten unseren Hass auf Niklas auf ganz besondere Weise. Ihn zu töten wäre keine Alternative gewesen. Ihn seelisch zu vernichten war etwas, das uns beide große Freude bereitete!

Wir ließen Melody liegen, wo sie war. Ich ging nach draußen und fuhr mein Auto hinter das Haus. Dann nahm ich das von ihr an die Hauswand gelehnte Fahrrad und stellte es in den kleinen Geräteschuppen im Garten. Wir wollten es in den nächsten Tagen entsorgen. Später konnten wir Melody dann in den Kofferraum legen. Wir wollten aber noch ein paar Stunden warten, um ganz sicher zu sein, dass die Nachbarschaft uns wirklich nicht beobachten würde. Im Haus waren wir momentan allein.

Als ich wieder Larissas Wohnung betrat, war das Licht in der Küche aus und Larissa rief aus dem Wohnzimmer: „Ich bin hier und habe eine Flasche aufgemacht. Wir haben doch etwas zu feiern!" Ich ging ins Wohnzimmer. Larissa lag auf dem Sofa, hatte eine geöffnete Flasche Sekt in der Hand und war nackt! Als ich völlig überrascht in der Tür stehen blieb, goss sie sich langsam Sekt aus der Flasche über ihren Busen, den restlichen Oberkörper und dann über den Intimbereich. „Wenn Du Durst hast, dann komm und bediene Dich!"

Wir liebten uns durch die ganze Wohnung, außer in der Küche. Irgendwann konnten wir nicht mehr, ruhten uns aus und zogen uns etwas später wieder an, um dann gemeinsam Melody in den Kofferraum von meinem Auto zu legen. Die Idee Melody in das Grab von ihrem Großvater zu legen war von mir und das Wetter spielte uns voll in die Karten. Während ich meine Idee in die Tat umsetzte, entfernte Larissa Melodys Blut vom Küchenboden.

Als Du, Niklas, bei Larissa geklingelt hast, war ich gerade auf dem Weg zum Friedhof. Das sie Dir angeboten hat, suchen zu helfen, war doch ein genialer Schachzug, nicht wahr? Auch später als Larissa und ich angeblich nach Melody suchten, waren wir darauf bedacht, so oft wie möglich Deine Kollegen zu treffen und auch mit ihnen zu reden. Ein besseres Alibi konnte es doch nicht geben, nicht wahr? Ein wenig ins Schwitzen kamen wir, als die Polizei auch in unserer Nachbarschaft jeden nach Melody und auch dem Fahrrad fragte. Doch niemand hatte etwas gesehen.

Das Schlimmste aber kam erst danach, als wir von Dieter gebeten wurden zu helfen. Wir mussten ja allen die entsetzten und trauernden Freunde vorspielen. Dich im Krankenhaus besuchen und am Tag der Beerdigungen auch noch ein paar Tränchen vergießen. Das Fahrrad hatten wir schon in der nächsten Nacht im Weiher des Stadtwaldes versenkt.

So, jetzt habe ich euch alles erzählt und das Zuhören hat sich doch gelohnt, nicht wahr? Niklas, wenn ich Dich ansehe, hast Du mich bestimmt schon zehn Mal erwürgt und Du Carol, was machst du mit dem Handy?"

„Das fragst Du noch? Du hast uns gerade einen Mord gestanden. Ich bin Anwalt und Mord verjährt nicht. Ich rufe jetzt die Polizei, damit Du das bekommst, was Du verdient hast! Ich kann nicht fassen, dass wir Dich mal unseren Freund genannt haben!" Carol war immer lauter geworden und konnte seine Wut kaum beherrschen. Er hielt sein Handy so fest in der Hand, dass seine Fingerknöchel weiß hervortraten.

Doch der Mann, den es am meisten betraf, der saß mit geballten Fäusten am Tisch und weinte! Tobias lachte leise vor sich hin.

„Meinst Du, all das wüsste ich nicht? Ich hätte es nie erzählt, aber es gibt kein Gefängnis, in das ich gehen werde. Wenn ihr so wollt, hat das Schicksal mich schon bestraft, denn ich habe einen Tumor im Kopf und höchstens noch zwei Monate zu leben. Das ist doch bestimmte das Beste, was Du heute gehört hast, nicht wahr Niklas?"

Der angesprochene wischte sich über die Augen und starrte Tobias an. „Du hast nicht mehr lange zu leben? Es gibt doch noch so etwas wie Gerechtigkeit auf Erden!" Carol mischte sich ein. „Larissa und was ist mit Larissa? Du hast doch noch Kontakt mit ihr. Wo finden wir sie?"

Tobias wischte sich mit einer Hand über den Mund. „Das werdet ihr nie erfahren!

Diese Mühe könnt ihr euch sparen!" Die letzten Worte von Tobias klangen schon ziemlich unverständlich. Dann stieß er einen kleinen Schrei aus und Schaum stand plötzlich vor seinem Mund. Tobias sackte zusammen und fiel auf den Boden.

Niklas und Carol sprangen natürlich sofort hinzu und Carol beugte sich hinunter, um zu helfen, wurde aber von Niklas daran gehindert. „Sei vorsichtig, das sieht nach Zyankali aus. Du darfst nicht damit in Berührung kommen!" Als Carol sich wieder gerade aufrichtete stieß er gegen den Stuhl auf dem Tobias gesessen hatte. Dabei fiel dessen Jacke herunter, die vorher über der Stuhllehne lag. Carol hob die Jacke auf. Dabei bemerkte er ein Foto, das fast aus der Innentasche herausfiel. Er nahm es endgültig heraus und betrachtete es.

Es waren zwei bildhübsche nackte Frauen im Bett zusehen, die sich gegenseitig mit den Händen im Intimbereich streichelten. Auf der Rückseite stand geschrieben: Melody und Larissa 22.08. 1 Das letzte sollte wohl eine Jahreszahl sein, war aber verwischt. Carol sah schnell zu Niklas hinüber. Der starrte auf die Leiche von Tobias und hatte nichts mitbekommen. Carol steckte sich schnell das Foto ein und nahm sich vor, es bei nächster Gelegenheit zu vernichten…